남편은 내가 집에서 논다고 말했다

남편은 내가 집에서 논다고 말했다

지은이 최윤아

1판 1쇄 발행 2018년 3월 16일
1판 2쇄 발행 2018년 4월 5일

발행인 신혜경
발행처 마음의숲

대표 권대웅
주간 이효선
기획편집 송희영
디자인 임정현
마케팅 노근수 허경아
인쇄·제본 상지사

출판등록 2006년 8월 1일(105 - 91 - 03955)
주소 서울시 마포구 동교로 144 - 13(서교동 463 - 32, 2층)
전화 (02) 322-3164~5 | 팩스 (02) 322-3166
페이스북 facebook.com/maumsup
ISBN 979-11-6285-000-8 (03810)

이 도서의 국립중앙도서관 출판시도서목록(CIP)은 e-CIP홈페이지(http://www.nl.go.kr/ecip)와 국가자료공동목록시스템(http://www.nl.go.kr/kolisnet)에서 이용하실 수 있습니다.
(CIP제어번호: CIP2018007076)

남편은 내가 집에서 논다고 말했다

최윤아 지음

마음의숲

84년간 전업주부로 살며 소리 없는 전투를 치르셨을
나의 외할머니 고故 박찬주 님께 이 책을 바친다.

차 례

CHAPTER 1 전업주부로 '전업'하다

CHAPTER 2 전업주부로 살아보다

CHAPTER 3 전업주부를 퇴사하다

프롤로그

밥 한 끼보다 책 한 권이 더 고프던 때가 있었다. 다시는 쓰지 않으리라 다짐했지만 결국 쓰고 만 두 번째 사표를 주머니에 넣고 나는 자주 서점에 갔다. 사흘 굶은 사람이 첫 끼를 먹을 때처럼 맹렬하게 책을 찾았다. '퇴사, 전업주부, 행복' 도서 검색창에 차례로 검색어를 쳐 넣었다. 나는 궁금했던 것이다. 회사를 그만두고 전업주부로 살면 행복할까.

그즈음 나는 무너지고 있었다. 무너진다는 말로밖에 설명되지 않는 날들이었다. 일주일에 운 좋으면 두 번, 그렇지 않으면 서너 번을 밤 11시 30분 넘어 퇴근했다. 야속하리만큼 성과는 나지 않았다. 상사로부터 자주 지적을 받았고 그 바통을 이어받아 스스로를 지적하는 날들이 이어졌다. 정신이 무너지자 몸도 고장이 났다. 구형 노트북을 짊어지고 다니느라 엿가락처럼 휜 허리는 자주 비명을 질러댔다. 숨을 쉬어도 가슴이 답답했다.

그때였다. 전업주부라는 선택지를 떠올린 것은. 막 사회에 진입했던 5년 전엔 생각조차 하지 않던 길이었다. 유력 언론사에서 존재감 있는 칼럼니스트로 커가는 것만이 내가 걸어야 할 유일한 길이라 생각했었다. 그러나 결혼 후 꼬여버린 커리어와 엉킨 인간관계는 '이때다!' 하고 그간 있는지도 몰랐던 좁은 샛길 하나를 보여줬다. 오르막 하나 없이 평탄하게 보이던 그 길, 바로 전업주부였다.

십만 원 넘는 옷은 거들떠도 안 봤을 만큼 악착같이 모은 덕분에 통장 잔고는 충분했고, 남편은 꾸준히 일을 하고 있었다. 안 그래도 며느리가 험한 일을 한다고 늘 조마조마 하셨던 시부모님은 외려 내심 반기는 눈치였다. 형편상 일할 수밖에 없는 친구들은 그만둘 수 있는 나를 부러워했고, 주부인 친구들은 어서 이 안온한 세계로 오라고 손짓했다. 시시하게만 보였던 샛길이 꽤나 근사해 보이기 시작했다.

하지만 그 길을 너무 모른다는 점이 마음에 걸렸다. 나보다 앞서 그 길을 걸었던 선배들의 이야기가 듣고 싶어 사표를 내기 전 절박한 심정으로 책을 찾았다. 전업주부라는 이 미지의 세계에 혹여 예상치 못한 돌부리라도 있을까 봐 흐릿한 지도나 엉성한 경험담이라도 손에 쥐고 싶었다. 그러나 전업주부의 목소리가 담긴 책은 눈에 잘 띄지 않았고, 겨우 찾은 책 역시 육아에 대한 내용이 주를 이뤘다. '엄마'의 이야기와 분리된 '일하지 않고 살아본 여자'의 이야기를 들려주는 책은 끝내 찾을 수 없었다. 그럼에도 나는 결국 발걸음을 뗐다. 그곳에서 그토록 찾아 헤매던 평온과 행복을 발견하길 간절히 기도하면서.

이 책은 그 1년간의 기록이다. 그 길에서 나는 잃어버렸던 계절을 찾았고 내 몸과 더 깊이, 더 자주 대화했다. 그러나 기대했던 것처럼 편하지만은 않았다. 어느 날은 샛길 속에 혼자 남겨진 것 같은 고립감에 몸서리쳤고, 또 다른 날은 다신 정상을 꿈꿀 수 없다는 사실이 서러웠다. 내 손으로 만든 소박한 음식을 사랑하는 이에게 먹이는 행복도 맛봤지만, 매번 같은 그릇을 닦고 또 닦는 일의 무의미함도 맛봤다. 이것들에 대해 얘기하고 싶었다.

일하는 여자라면 한번쯤 '취집'이나 '전업'을 꿈꾼다. 스스로의 재능에 대한 의심이 고개를 들 때, 여자라는 이유로 일터에서 소외될 때, 낡아지기만 하고 도무지 깊어지지 않을 때. 그럴 때 이 책이 마음을 다독이거나 결단을 내리는 데 도움을 주는 쓸모 있는 참고서가 되었으면 한다. 짧게나마 먼저 샛길을 걸어본 한 여자의 후일담이 일하는 여자들의 지독한 허기를 잠시나마 채워줄 수 있길 소망한다.

전업주부로

CHAPTER 1

‘전업’하다

꿈에 데인 여자

까맣게 잊었던 기억이 불현듯 떠올라 말을 걸어올 때가 있다. 열아홉 여름날이 내게 그랬다.

택시 안이었다. 마감을 6시간 남기고 새로 지시 받은 기삿거리를 취재하러 부랴부랴 이동하고 있었다. 스마트폰과 차창 밖을 번갈아 바라보며 손톱을 잘근잘근 씹고 있는데 느닷없이 열아홉 여름날이 떠올랐다.

그날도 나는 책상 앞에 앉아 도무지 풀릴 기미가 보이지 않는 수학 문제를 하염없이 바라보고 있었다. 짙은 풀 냄새가 바람에 실려 교실 안으로 훅 불어왔다. 문득 서른 살 내 모습이 궁금해졌다. 샤프를 놓고 책상에 파묻었던 고개를 들었다. 10년 뒤 나는 무슨 일을 하고 있을까. 결혼은 했을까. 설마 아이까지 낳았을까. 어려운 수학 문제는 상상의 문을 열어줬고 나는 기다렸다는 듯 그 세계로 빨려 들어갔다.

그곳엔 마이크를 쥔 채 카메라를 응시하고 있는 서른 살 여자가 서 있었다. 블랙 정장바지에 하이힐을 신고 다급한 목소리로 현장 상황을 전하는 여자. 흥분을 감추지 못한 목소리로 휘갈겨 쓴 원고를 읽어 내려가던 여자, 그녀는 기자였다.

열아홉 상상 속 그녀와 지금의 나는 얼마나 닮아 있을까. 마이크를 쥐진 않았지만 나는 기자가 돼 있었다. 그것도 꽤 유명한 중앙 일간지의 기자가. 정장바지 대신 청바지를 입었고, 하이힐 대신 굽 낮은 단화를 신고 있었지만 그런 건 아무래도 괜찮았다. 오래 만나도 애정이 식지 않았던 남자와 결혼도 했다.

다른 건 딱 하나였다. 표정. 상상 속 그녀는 희미하게 웃고 있었지만 현실의 나는 미간을 잔뜩 찌푸린 채 연거푸 한숨을 내쉬고 있었다. 상상 속 그녀에게선 에너지가 뿜어져 나왔지만 현실의 나에겐 지친 기색만 역력했다. 그런 내게 열아홉 여름날은 홀연히 나타나 묻고 있었다. 꿈을 이룬 너, 행복하니.

조금도 행복하지 않았다. 타고 있던 택시가 사고가 나 딱 며칠만 병원에서 쉬고 싶다는 어이없는 생각을 조금 전까지 하고 있었다. 내 능력의 120퍼센트를 발휘해도 상사의 눈높이를 맞출 수 없었기에 늘 죄인의 심정이었다. 밤마다 부족한 내 탓과 가혹한 회사 탓을 저글링 해댔다. 매일 무리하고 있는데도 유독 내게만 일이 몰리는 것 같아 굿판이라도 벌이고 싶은 심정이었다. 여름이 깊어갈수록 죄책감과 피해의식도 덩치를 키워갔다.

무엇보다 꿈을 이뤘는데 이렇게 불행하다는 사실을 납득할 수 없었다. 꿈과 행복은 마치 샴쌍둥이처럼 분리될 수 없는 존재라고 세상은 나를 끊임없이 주입시켰다. 꿈을 이뤄야 행복하고, 행복하려면 꿈이 있어야 한다고, 이건 반박하기 어렵다고 말이다. 행복이란 단어를 알게 된 나이부터 꿈은 내게 종교에 가까웠다. 그랬다. 나는 꿈이 행복을 가져다줄 거라고 굳게 믿었다.

그랬기에 더 어쩔 줄을 몰랐다. 나는 꿈을 이룬 드림워커였지만 불행했다. '드림워커'와 '불행'이라는 낯선 조합을 바라보며 도대체 어디서부터 잘못된 것인지 스스로에게 묻고 또 물었다.

불행의 근원을 찾는 일은 4점짜리 주관식 수학 문제보다 더 어려웠다. 정답은 못 찾았지만 가설 하나는 세웠다. 꿈을 이뤄도 불행하다면, 꿈을 버려보면 어떨까. 다소 급진적인 전개였지만 이 가설에 꽂힌 나는 꿈이나 성취와는 거리가 먼 삶을 살아보기로 했다. 바로 전업주부였다.

"꿈에 데인 것 같아." 그토록 꿈 많던 네가 왜 갑자기 전업주부를 하느냐고 묻는 한 친구에게 이렇게 답했다. 이보다 더 적절한 표현을 찾기 힘들었다.

한 남자에게 심하게 데이면 세상 모든 남자를 가까이하고 싶지 않은 것처럼, 기자라는 꿈에 화상을 입으니 그 어떤 꿈도 다시는 갖고 싶지 않았다. 따뜻할 거라 믿고 겁 없이 움켜쥐었던 그 꿈은 예상외로 펄펄 끓고 있었고, 아프면서도 미련 때문에 손을 떼지 못한 나는 결국 심한 화상을 입었다. 거죽이 벗겨지고 곳곳에 물집 잡힌 마음을 치료할 시간이 필요했다. 이 상태로는 다른 꿈에 손을 뻗을 엄두가 나지 않았다.

그렇게 나는 집으로 왔다. 뜨겁게 사랑했던 남자에게 배신당한 심정으로. 다시는 그 누구도 사랑하지 않으리라 굳게 다짐하면서. 그 후로 오랫동안 꿈에 데인 화상은 아물지 않았다.

100대 1 세상, 탈진하고 시작한 사회생활

나를 감탄하게 만드는 대사 한마디만 있다면 16부작 드라마도 끝까지 본다. 그게 잘 쓴 대사에 대한 의리라고 생각하기 때문이다. 그런 이유로 완주했던 드라마가 있다. 〈자체발광 오피스〉다. 레이스race의 시작은 바로 이 대사였다.

"뭔 놈의 세상이 다 100대 1이야!"

일탈 한번 하지 않고 성실히 살았지만 눈떠 보니 '서른 넘은 고시낭인'이 되어버린 도기택(이동휘 분). 몇 년을 뒷바라지해줬던 여자친구까지 이별을 고하자 죽으려 약을 먹었지만 의도치 않게 병원으로 이송돼 자살에도 실패하고 만다. 남은 건 수십만 원에 달하는 응급실 병원비.

먹고 죽을 돈도 없는 그는 병원비를 떼먹고 한강으로 달려간다. 한겨울 환자복에 삼선 슬리퍼를 신은 그가 피 묻은 말을 토해낸다.

"뭔 놈의 세상이 다 100대 1이야! 나머지 아흔아홉 명은 어떡하라고!!"

정말이지, 철들고 만난 사회는 까딱하면 100대 1이었다. 대학을 가려면, 인턴 체험을 하려면, 정규직이 되려면 내 뒤로 아흔아홉 명을 세워둬야 했다. 1등이 아니면, 2등이나 99등이나 기회가 없다는 점에서 매한가지였다. 간발의 차로라도 그 한 자리를 사수하기 위해 나는 가장 절박한 마음으로 치밀하게 준비했다. 덕분에 첫 직장과 두 번째 직장 모두 100대 1의 바늘구멍을 통과했다.

하지만 상처뿐인 영광이었다. 두 번째 직장 최종 면접을 이틀 앞두고 나는 난생처음 정신과를 찾았다. 약 2개월간의 전형기간 동안 단 하루도 제대로 잠을 자지 못했다. 낮 동안 연거푸 마신 커피로 한껏 각성된 두뇌는 누워 있어도 팽팽 돌아갈 뿐 멈추질 못했다. 그럼에도 커피를 놓지 못한 건, 100대 1을 뚫으려면 단 몇 시간도 허투루 써서는 안 된다는 압박감 때문이었다. 정신과를 간 것도 스스로가 걱정되서가 아니라, 단 3시간이라도 푹 자서 최상의 컨디션으로 최종 면접을 치르고 싶은 완벽주의 때문이었다. 그땐 합격만 하면 이 모든 게 다 괜찮아질 거라고 믿었다.

아니었다. 상처는 고스란히 남았다. 최종 합격 통보를 받고 입사 전까지 보름이 넘는 시간이 주어졌다. 그래도 여전히 잠은 오지 않았다. 이번엔 첫 직장에서 겪어봤기에 그 잔혹함을 익히 알고 있는 '하리꼬미(경찰서에서 6개월간 숙식을 해결하며 취재와 기사 작성을 배우는 언론사의 유별난 교육과정을 일컫는 은어)' 걱정이 범인이었다. 다시 오지 않을 천금 같은 시간을 불면으로 보내고 입사했다. 하루

2~3시간 자는 무자비한 하리꼬미 생활. 여전히 잠은 오지 않았다. 사건을 물어가지 못한 날은 선배들이 내게 실망할까 봐, 물어간 날은 내일도 비슷한 임팩트의 사건을 물어야 한다는 압박감에 잠을 설쳤다. 딱 일주일 만에 체중이 4킬로그램 줄었다.

100대 1 사회에선 승리한 1마저도 사실상 패배자였다. 99명을 제치기 위해 강박증 환자처럼 내게 없는 것만을 찾아냈던 적지 않은 시간은 얼마 안 되는 자존감을 싸그리 가져가 버렸다. 기적 같은 성취 한 방이면 바닥난 자존감이 원상태로 채워질 줄 알았지만 오히려 반대였다. 한번 금이 간 독은 아무리 물을 부어도 채워지지 않듯, 균열이 생겨버린 자존감은 온 힘을 짜내 성취를 부어줘도 다시 차오르지 않았다. 사랑하는 가족과 남편이 있기에 마포대교에는 가지 않고 버텼지만, 그들의 품에서 나는 자주 도기택처럼 울부짖었다.

가득해도 부족할 판국에 바닥난 자존감을 안고 입사했기에 직장생활은 고통이었다. 여느 회사나 그렇겠지만, 특히 신문사는 가혹하리만큼 혹독하게 신입사원을 교육시킨다. 들어온 지 얼마 안 된 초짜라고 독자가 오보를 너그럽게 양해해주지는 않기 때문이다.

머리로는 수긍하지만 막상 "너 전 직장에서도 이렇게 X판쳤냐?" "네 보고는 믿을 수가 없다" 같은 공격적인 가르침(!)을 매일 수차례 듣다 보면 나조차 내 편을 들기 싫어지는 순간이 온다. 마치 상사와 한편인 듯 바통을 이어받아 내가 나를 공격하는 것이다.

밤낮으로 손가락질 당하는 사람이 멀쩡할 순 없다. 분명 나는 서서히 맛이 가고 있었다. 그런데도 버텼던 건, 또다시 100대 1을 치러야 할지도 모른다는 사실이 끔찍해서였다. 회사를 나가도 언젠가 다시 일을 하게 될지 모른다. 이 사회에서 직장을 구한다는 건 또다시 100대 1 관문 앞에 설 수도 있다는 사실을 의미한다. 그 짓을 또 어떻게 하나 싶었다. 이리 가나 저리 가나 지옥이라면 그나마 익숙한 지옥이 나을 것 같았다. 그 논리로 4년 가까운 시간을 버텼다.

그러나 끝내 나는 집으로 돌아왔다. 결정적 한 방은 없었다. 회사에 더 이상 내가 앉고 싶은 자리가 없었고, 그토록 경멸 혹은 경계했던 인간으로 변해가는 내 모습이 싫었다. 말하자면 나는 치명적인 스트레이트 한 방이 아니라, 수십 번의 잽에 맞아 백기투항을 결심한 셈이다.

흰 수건을 링 위에 던지기 전 마지막으로 스스로에게 물었다. '다시는 일하지 못해도 괜찮겠냐'고. 두 번의 사표는 내게 '조직 부적응자'라는 주홍글씨가 될지도 모른다. 지금 그만두면 난 노동시장에서 최하등급인 '애 없는 기혼 여자'가 된다. (조직은 '육아휴직 리스크'가 해소되지 않은 애 없는 유부녀를 가장 꺼린다.) 다시 일하기 쉽지 않을 것이다.

그럼에도 나는 수건을 던졌다. 다시는 일하지 못해도 좋다는 결심이 섰을 때였다.

전업주부로 산다면 더 이상 피말리는 100대 1에 노출되지 않아도 됐다. 성취도 없지만 상처도 없는 세계, 그곳으로 어서 빨리 가고 싶었다.

지체하지 않고 사표를 냈다. 회사의 휴직제도도, 부모님의 필사적인 만류도 내게 브레이크를 걸지 못했다. 그렇게 나는 100대 1 사회에 이별을 고했다.

재능의 배신

이보다 더 완벽할 순 없었다. '기자'와 나의 궁합은. 일단 적성에 맞았다. 어릴 때부터 쌈닭 기질이 있던 내 눈에 이 사회는 고쳐야 할 것 투성이였다. 혼자서 궁시렁대지 않고 지면이나 방송 같은 채널을 통해 좀 '있어 보이게' 지적질하는 일이 좋았다.

'운명'도 우릴 갈라놓지 못했다. 진로 상담을 한답시고 만났던 역술가나 점쟁이들은 하나같이 내게 기자를 하라고 권했다. 바쁘게, 여기저기 돌아다니며 하는 일이 내 사주에 잘 맞는다는 이유였다. 이제 남은 문제는 재능인데, 별 준비 없이 한국언론재단 예비언론인과정(말하자면 언론사 입사 준비 학원인데, 시험 봐서 수강생을 뽑았다)에 합격한 것을 보면 재능이 아주 없는 것 같지는 않았다. 괜히 여기저기 기웃거리지 않고 일찌감치 '기자'를 직업으로 정했다. 초등학교 때 만난 첫사랑과 결혼까지 한 셈이었다.

그러나 기자와 내가 찰떡궁합이라는 믿음은 기자가 되고부터 쩍쩍 금이 가기 시작했다. 쉬지 않고 일을 하는데 성과가 없었다. 다른 회사 기자가 나를 '기자실에서 통화 제일 많이 하는 여기자'라고 설명했을 정도로 나름대로 최선을 다해 일했는데, 다음 날 조간신문을 보면 내가 쓴 기사가 돋보이기는커녕 밋밋했다. 내 성에 차지 않은 정도가 아니라, 객관적으로도 그랬다. 기사를 전송하고 나면 5분도 안 돼 회사번호가 찍힌 전화가 걸려 왔다. 데스크의 긴 한숨으로 시작된 통화는 '다시 써봐'로 끝나곤 했다. 매일 100미터 육상선수처럼 전력질주를 하는데 눈을 떠 보면 러닝머신 위에 있는 느낌이었다. 한 발자국도 앞으로 가지 못하는 나 자신 때문에 숨이 턱턱 막혔다.

그때부터 재능에 대한 회의가 고개를 들기 시작했다. 이렇게 열심히 하는데 성과가 없는 건 재능이 없기 때문이란 생각에 사로잡힌 것이다. '재능이란, 누군가의 짐짝이 될지도 모른다는 두려움과 나에 대한 배려 없이 무작정 흐르는 시간을 견디는 법을 배운 다음에 생겨나는 것 같다'는 소설가 김중혁의 재능론을 누구보다 소중히 부적처럼 품고 살던 나였다. 하지만 나보다 두세 살 어린데도, 나만큼 자주 취재원을 만나지 않(아 보이)고, 나보다 고심하지 않(아 보이)는 데도 좋은 기사를 턱턱 써내는 몇몇 동기들을 보면 재능은 애초에 시간의 문제가 아니라는 심증이 굳어졌다.

재능이 없다고 확신하는 일을 매일, 그것도 하루 열 몇 시간씩 해야 하는 건 정말 고역이었다. 무엇보다 자꾸 일에 겁을 먹었다. 난이도가 높지 않은 일인데도 '내가 이 일을 실수 없이 해낼 수 있을까' 하는 두려움이 앞섰다. '어떻게 하면 혼나지 않을까' 가능한 모든 시나리오를 그려보느라 일을 처리하는 속도도 무척 더뎠다. 그제야 어른들이 왜 '좋아하는 일'이 아니라 '잘하는 일'을 하라고 했는지 이해가 갔다.

한 방에 붙여 내 재능에 대한 근거 없는 믿음을 심어준 문제의 '예비언론인과정'에서 철학자 탁석산 선생님의 강의를 들었던 적이 있다. 탁 선생님이 4개월 동안 목에 핏대 세워가며 가르친 건 '논술문 잘 쓰는 법'이었는데, 정작 머릿속에 남은 건 뒤풀이에서 들었던 한 마디였다.

"자기 능력의 80퍼센트만 써도 잘할 수 있는 일을 직업으로 택하세요."

막 직업의 세계에 발을 디디는 스물다섯 나에게 그의 '직업론'은 김빠지는 말이었다. 일을 통해 성숙할 수 있다고 믿었던 나는 '적당히' 해도 잘하는 일에서 어떤 성장을 기대할 수 있을까 의심했다. 일을 시작하기 전이어서 일종의 '낭만주의'가 있었던 것 같다. 일에서 겪는 희로애락이 내 인생의 깊이와 풍미를 더해줄 거란 근거 없는 믿음이 있었다. 그런 내게 80퍼센트란 수치는 권태와 정체를 떠올리게 했다.

그러나 능력의 80퍼센트는커녕 120~130퍼센트를 쏟아부어도 잘할 수 없는 일을 수년간 하고 보니 탁 선생님의 직업론은 '인생의 진리'에 가까웠다. 인생에서 가장 많은 시간을 투자하는 직업에서 매일 실패를 맛본다면, 그것도 어영부영하다 맛본 그냥 실패가 아니라 최선을 다하고 맛보는 농도 진한 TOP급 실패라면, 그 사람은 멀쩡할 수가 없다. 일의 실패가 순식간에 일상까지 번져 나가기 때문이다.

상사에게 잔뜩 혼나고 집에 돌아와 마트에서 산 양념된 제육볶음을 뒤적일 때, 쌈 채소를 씻을 때, 그렇게 후다닥 차린 저녁을 먹을 때 나는 낮에 들었던 선배의 지적을 끊임없이 되새김질하느라 남편과 눈 한번 제대로 맞추지 못했다. 오래 재워져 필요 이상으로 달콤해진 고기를 꾸역꾸역 씹으면서 맘속으로는 낮에 못한 변명과 자책을 번갈아 했다. 단순히 일에 재능이 없다는 이유만으로 이렇게 쉽게 불행해질 수 있다는 사실에 새삼 놀라기도 했다.

더 이상 재능 없는 일에 시간과 에너지를 쏟고 싶지 않았다. 무슨 일을 하면 대충해도 그럭저럭 잘 해낼 수 있을까 고개를 돌려봤다. 내 능력의 절반만 써도 잘할 수 있는 단 한 가지 일이 눈에 들어왔다. 살림이었다. 아이 없이 부부만 사는 집의 살림은 그리 난이도가 높지 않았다. 특별한 기술이나 요령 없이도 부지런하기만 하면 거의 빈틈없이 해낼 수 있었고, 실패해 봤자 요리를 살짝 태우거나 니트가 줄어드는 정도였다. 실패에 노이로제가 걸린 나는 이런 진입장벽이 낮은 일이 절실했다. 무엇보다 살림은 내게 상처를 줄 수 없었다. 내가 사랑하는 일이 아니기 때문에. 내가 120퍼센트 최선을 다할 일이 아니기 때문에.

그렇게 사표를 내고, 마지막으로 출근한 날 한 선배와 짧게 인사를 나눴다. 한때 내 롤 모델이었던 그에게만큼은 꾸며 말하고 싶지 않았다. "재능 없는 일을 하는 게 너무 고통스러웠다"고 담담하게 털어 놨다. 그는 토끼눈을 하고 반문했다. "아니, 누군들 재능 있니?"

그 말을 듣는데, 어쩌면 먼저 배신을 한 건 재능이 아니라 내 쪽일지도 모른다는 생각이 스치듯 지나갔다. 있던 재능이 갑자기 사라져 나를 곤경에 빠트린 게 아니라, 한 줌의 재능이라도 전적으로 지지해줬던 내 마음이 먼저 식은 것일지도 모른다. 어쩌면 재능이란, 재능이 있다는 사실을 온전히 믿는 마음까지 포괄하는 개념일지 모른다는 생각을 하면서 한 시절 보고 있는 것만으로도 나를 벅차오르게 했던 회사를 등졌다. 지독했던 여름이 끝나가고 있었다.

스포일드 어덜트Spoiled adult가 되긴 싫었어요

경찰서 출입기자를 꽤 오래 했지만, 진짜 경찰을 불러본 건 그날이 처음이었다. 몇십 년 만이라는 열대야를 힘겹게 견디고 난 다음 날이었다. 멍한 머리와 기운 없는 몸뚱이를 겨우 움직여 가까스로 지하철에 올랐다. 세로형 손잡이에 몸을 기대고 한숨 돌리면서 스마트폰으로 경쟁사 조간신문을 들여다보고 있는데 갑자기 내 배 쪽으로 주먹이 날아왔다. 뽀얗고 통통한 여자의 손이었다. 고개를 돌려 주먹이 날아온 방향을 바라봤다. 40대 후반 50대 초반으로 보이던 여자는 의기양양하게 쏘아붙였다. "기대지 말라고!"

순간 내 눈이 뒤집히는 게 나도 느껴졌다. "말로 하면 되지, 왜 폭력을 쓰고 난리예요?" 창피함을 무릅쓰고 소리를 질렀다. 스마트폰 속 연예기사보다 재밌다는 싸움 구경이 펼쳐지자 수십 명의 시선이 내게 꽂히는 게 느껴졌다. 그 여자는 고개를 돌린 채 내 말에 대꾸하지 않았다. 행선지까지는 두 정거장. 제때 내려야 지각을 면할 수 있다. 하지만 나는 아직 사과를 받지 못했다. 무엇보다 내 분노는 조금도 해소되지 못했다. 고민은 짧았다. 나도 모르는 사이, 나는 차례로 112 버튼을 누르고 있었다. 지하철 문이 열리고 경찰이 보였다. 나를 외면

하던 그 여자는 경찰의 손에 이끌려 내렸다. 사건 경위를 말하고 차례로 신원조회를 하는데 여자의 손이 덜덜 떨리는 게 눈에 들어왔다. 조금 전 나를 향했던 그 손이었다. 찬찬히 보니 이상했다. 머리는 잔뜩 떡져 있었고, 삼복더위에 겨울용 니트를 입고 있었다. 그 여자는 정신과 치료를 받기 위해 병원에 가는 중이었다고 경찰에 진술했다.

"제 정신이 아닌 것 같은데 아가씨가 이해해요. 많이 다쳤어요?" 사실 그녀는 그야말로 '물주먹'이었고 엄밀히 말하면 '때렸다' 보단 '밀었다'에 가까웠다. 그러나 나는 그 폭력이 괘씸했다. 그 여잔 사람 봐 가면서 폭력을 휘두른 게 분명했다. 그 손잡이에 기댄 게 한 눈에도 약해 보이는(그땐 무척 말랐다) 젊은 여자가 아니라 살집 두둑한 아저씨였다면 그렇게 다짜고짜 폭력부터 휘두를 순 없다. 그건 약자에 대한 강자의 폭력이었다. 나는 본때를 보여주겠다고 결심했다. 회사 로고가 큼직하게 박힌 명함을 과시하듯 지갑에서 꺼내 경찰에게 건넸다.

"저 기자거든요? 저 여자 무조건 처벌받게 해주세요. 합의는 없어요. 추가 조사 필요하면 연락주세요."

당황해 온 몸을 떨며 자식한테 전화를 거는 그 여자를 뒤로하고 나는 의기양양하게 회사로 향했다. 이제야 당한 만큼 갚아준 것 같았다.

난데없는 폭력에 화를 내는 건 정상이다. 그러나 화를 내면서도 이

성은 붙들고 있어야 한다. 내가 받은 피해에 견줬을 때 분노가 과하지는 않은지, 분노를 표출하는데 함몰돼 스스로에게 해가 되는 행동까지 하고 있지는 않은지 살펴야 한다. 하지만 그날 나는 이 모두에 실패했다. 내가 받은 피해는 순간적 두려움과 아주 찰나의 통증이 전부였는데 경찰을 부르고 "무조건 처벌해 달라"며 으름장까지 놓았다. 그 여자에게 극한의 두려움을 맛보게 해주겠다며 지각까지 불사했다. 다른 건 다 그럴 수 있다 쳐도, 달라고 하지도 않은 명함까지 보여주며 '기자' 운운한 건 명백히 선을 넘은 행동이었다. 갑질을 한 건 어쩌면 내 쪽이었다.

그즈음 이상하게 이런 시비가 잦았다. 한 번은 지하철에서 한 아이 엄마에게 언성을 높였다. 신발을 신은 채 지하철 의자에 올라서서 놀던 꼬마가 실수로 내 옷을 밟은 게 화근이었다. 옷이 더러워지지도 않았는데 아이엄마에게 "애기 신발 좀 벗기든지 하세요"라고 신경질적으로 쏘아붙였다. 아주 엄격한 잣대를 들이대면 공공장소에서 자신의 아이가 남에게 피해를 주도록 내버려 둔 아이엄마의 잘못이지만, 별 피해도 없었는데 꼭 화를 냈어야만 했냐고 자문하면 대답이 궁색해졌다.

직장에서도 마찬가지였다. 나는 타인의 모든 잘못에 일일이 화를 내고 있었다. 너그러움, 관대함 같은 단어는 나와 정반대에 위치해 있었다. 미간을 잔뜩 찌푸린 표정이 어느새 내 얼굴의 디폴트값이 됐다. 나는 내가 그렇게나 싫어하던 사람이 돼 있었다.

처음 사회생활을 시작했을 때 가장 의아했던 게 선배들의 '표정'이었다. 적지 않은 선배들이 회식 자리에서조차 잘 웃지 않았다. 고생했다며 맥주 한 잔 사주겠다고 불러 놓고 인상 쓰고 팔짱 끼고 앉아 염력이라도 할 태세로 술잔만 노려봤다. 그런 선배들을 떠올리며 '나는 절대 저렇게 되지 말아야지'라고 다짐했었다.

욕하면서 닮아 간다고 했던가. 정신을 차려보니 나는 내가 그토록 경계하던 그들과 꼭 닮아 있었다. 표정 뿐 아니었다. 신경질적이고 공격적인 말투, 후배나 취재원의 작은 실수 하나도 그냥 넘기지 않는 엄격함까지 일란성 쌍둥이처럼 똑같았다. 그제야 그들이 처음부터 저랬던 건 아니었겠다는 생각에 미쳤다. 나처럼, 그들도 망가진 거였다.

천사표까지는 아니었지만 개차반도 아니었다. 무엇보다 누구를 만나도 화기애애한 대화를 꽤 길게 이어 나갈 수 있을 정도로 밝은 사람이었던 것만은 분명했다. 하지만 높은 압박감과 빈약한 휴식이 지속되자 나는 한여름 숟가락 들락거린 찌개만큼이나 빠르게 상하기 시작했다. 충분히 소화되지 못한 지적은 딱딱한 피해의식이 됐다. 상대의 말을 액면 그대로 받아들이지 못해 자주 누군가와 부딪혔다. 스스로 장점이라 여기던 '밝음'까지도 회의懷疑의 대상이 됐다. 나의 발랄함이 상대방에게 공격의 빌미를 주는 것 같다는 생각에 휩싸였고,

만만하게 보이지 않으려고 애를 썼다.

기자라는 직업의 특성도 이런 변화를 부채질했다. 기본적으로 기자는 무엇가를 '지적'하는 직업이다. 기본적으로 지적은 '공감'이나 '이해' 같은 인간관계의 미덕과는 자주 충돌한다. 정책을 제대로 안착시키려 애쓴 사람들의 노력을 이해하기보다는 일정 부분 무시해야 그 부작용에 대한 더 날카로운 기사를 써낼 수 있기 때문이다. 이런 환경에서 '적당히 싸가지 없는' 건 프로다움으로 포장되기도 했다. 남의 사정을 다 봐주다 몇 차례 성취의 문턱에서 멈췄던 나는 점차 '착하고 일 못하는 사람보단, 일 잘하는 싸가지가 낫겠다'고 생각하게 됐다. 그 당시 내 자존감 상태와 처세술, 능력치를 종합해 봤을 때 '착하고 일 잘하는 사람'이 되는 건 불가능하다고 단정했다.

'일 잘하는 싸가지'로 나를 포지셔닝Positioning하자 다른 건 몰라도 싸가지 만큼은 순식간에 사라졌다. 내게 도움을 줄 사람에겐 천사같이 굴다가도, 내게 부탁을 하는 사람에겐 저승사자처럼 단호했다. 철저히 내게 줄 이익을 따져 표정과 태도를 180도 바꾸는 나를 보면서, 어릴 때 봤던 드라마 〈이브의 모든 것〉의 악녀 진선미(김소연 역)가 떠올랐다. 드라마 속 악에 받친 그녀처럼 "하느님, 도와주는 건 바라지도 않아요. 방해하지만 마세요"라는 기도도 몇 번 했던 것 같다. 그런 협박조 기도를 들어줄 신은 없었고, 당연히 일은 잘 풀리지 않았다.

스스로를 '싸가지'로 인식하기 시작하면서부터 '언제 버림받아도 이상하지 않겠다'는 생각이 끈질기게 떠올랐다. '저렇게 괜찮은 남자(남편)가 왜 나 같은 여자 곁에 있나' '나라는 인간에게 무슨 장점이 남아 있을까' 정말 진지하게 고민했다. 이런 생각의 끝엔 하나의 결론이 기다리고 있었다. '나 같은 건 행복할 가치가 없다' 누구에게도 뒤지지 않을 만큼 자기연민이 강하던 내가 나의 행복을 부정하고 있었다. 위험을 알리는 경고음이 아주 세게 울렸다.

그 경고음이 시기 적절했다는 건 나중에 자존감에 관한 책을 읽으며 알게 됐다. 자존감은 스스로 행복을 누릴 가치가 있다고 느끼는 '자기 존중감Self-respect' 이라는 요소와 밀접한 관계를 맺고 있다. 그러니까 당시 내가 느꼈던 '행복할 가치가 없다'는 감정은 자기 존중감이 심각한 수준으로 떨어졌다는 사실을 일러주는 신호였던 셈이다.

전업주부가 되고 개과천선이 됐다면 좋았겠지만, 천성이 예민하고 까칠한 나는 여전히 사람 많은 곳에서 자주 불편함을 느낀다. 며칠 전만 해도 지하철에서 한 아기가 애정하는 원피스 치맛자락을 움켜쥐어 가슴을 쓸어내린 적이 있다. 그러나 놀랍게도 나는 그닥 화가 나지 않았고, 종국에는 그 아이와 '빠빠이'를 하며 작별하기까지 했다. 별 스트레스 없이 충분히 쉬자 분노의 역치가 한껏 올라갔다. '불행하면 사나워진다'는 말을 온몸으로 이해한 순간이었다.

지하철에서 아기의 울음소리가 짜증스럽게 느껴질 때, 버스에서 큰 소리로 통화하는 노인의 가래 섞인 목소리가 참을 수 없을 때 나는 그들에게서 시선을 거둬 내면을 응시한다. 불행하진 않은지, 불안하진 않은지. 만약 그렇다면 무엇 때문인지 스스로에게 질문해 본다. 이렇게 하면 하루아침에 천사가 될 순 없지만 이유 없는 악마가 되는 건 막을 수 있다.

전업주부는 자신의 그늘을 드러내지 않는다

○

"돈이야 남편이 벌면 되죠 뭐." 내가 말하고선 내가 놀랐다. 방금 내 입에서 튀어나온 말이 낯설어서. 진심이 아닌 말을 너무나 진심처럼 말하는 내 연기력이 놀라워서. 그랬다. 나는 연기를 하고 있었다. 전업주부가 된 지 거의 반년 만에 처음으로 전 직장 선후배를 만났다. 친한 선배의 결혼식장이었다. 제대로 인사도 나누지 않고 허겁지겁 퇴사한 내가 얼굴을 비추자 많은 이들이 놀란 눈으로 안부 인사를 건넸다. 특히 여자 선후배들은 정말 궁금한 게 많은 듯 했다.

하객이 많았던 터라 서빙은 더뎠다. 앞에 놓인 접시를 일찌감치 비우고 그들은 내게 연거푸 질문을 던졌다. "그만두니까 어때? 뭐하고 지내? 일은 다시 안 할 거야?" 모두 예상 가능한 질문이었다. 예상을 빗나간 건 내 대답이었다.

"너무 좋죠. 스트레스가 아예 없으니까. 돈이야 남편이 벌면 되는데 뭣하러 저까지 고생해요." 전부는 아니지만 일정 부분 거짓이었다. 회사 다닐 때만큼 스트레스가 극심하진 않았지만 늘 평온하기만 한 것도 아니었다. '나중에 일을 해야 하는 상황이 왔을 때 과연 내가 할 수 있는 일이 남아 있을까' 하는 걱정에 때때로 휩싸였고, '인생을 낭비하고 있는 건 아닐까' 죄책감에 잠 못 이루는 날도 많았다. 별명이 '조잘이'일 정도로 수다 떨기 좋아하는 내겐 남편이 퇴근하기 전까지 혼자 지내는 시간도 고역이었다. 시간만 나면 남편이 준 생활비에서 적금 빼고, 양가에 드릴 생활비 빼고, 관리비와 식비를 빼 보면서 어디서 더 아껴야 할지 궁리하기도 했다. 불행하지는 않았지만 아무리 양보해도 '너무 좋은' 건 아니었다.

대답하랴 질긴 스테이크 씹으랴 정신없던 식사를 마치고 서둘러 집으로 갔다. 돌아가는 길, 좀 전의 내 행동에 대해 생각했다. 내가 왜 그랬을까. 왜 마냥 좋은 것처럼 연기를 했을까.

패배자로 남기 싫었다. 인생은 이기고 지는 것이 아니라지만, 각자의 방향과 속도가 있을 뿐이라지만, 퇴사가 패배처럼 느껴지는 건 어쩔 수 없었다. 자진해서 멈췄지만, 어쨌든 다 같이 달리다 혼자만 멈춘 건 사실이니까. 그런 나를 혹여나 동정할까 봐 행복과 여유를 과장했다.

전업주부를 '신의 직장'처럼 생각하는 이들은 그냥 그렇게 오해하도록 두고 싶었다. 부러우면 지는 거고, 부럽게 만들면 이기는 거라고 생각했다. 고된 직장생활에 지칠 대로 지친 이들이 가장 부러워하는 대상은 대단한 성취를 이룬 사람이 아니라 일에서 해방된 사람이라는 점을 나는 너무나 잘 알고 있었다. 오해에 빗져서라도 나는 한 번쯤 승자의 우월감을 느끼고 싶었던 것 같다.

자연스럽게 옛날 생각이 났다. 퇴사하기 직전, 나는 필사적으로 주변에 전업주부를 찾아다녔다. 발을 들여놓기 이전에 전업주부의 삶이 정말 천국인지 확인하고 싶었기 때문이다. 그들은 내게 그늘을 드러내지 않았다. 속내를 얘기할 만큼 친하지 않았거나, 나와 달리 그들의 삶은 그늘 한 점 없이 쨍쨍하기만 했기 때문일 수도 있지만, 모든 전업주부가 행복만을 말한다는 건 어쩐지 좀 현실감이 없었다.

번번이 입사시험에 떨어지다 결혼 후 전업주부가 된 친구 A는 "놀거리가 무궁무진하다"며 "나는 전업주부가 체질에 맞는다"고 했다. 군대 같은 조직문화로 악명 높은 대기업에서 6년 넘게 일하다 그만둔 지인은 "그만둘 수 있으면 그만둬야지 뭘 고민하냐"며 "빨리 그만두고 브런치나 먹으러 다니자"고 제안했다. 때때로 찾아오는 불안감이나 고립감에 대해 언질이라도 준 사람은 없었다.

다른 이의 일상을 엿볼 수 있는 SNS 역시 그늘 한 점 없기는 매한가지였다. 어쩌다 보게 된 전업주부나 전업맘의 블로그에는 '보기 좋은 음식이 먹기도 좋다'는 말을 누가 잘 증명하나 경쟁이라도 하듯 하나 같이 '아름답게' 담긴 집밥 사진이 가득했다. '주부스타그램' 역시 고급 식당에서나 볼 법한 그릇 사진이나, 그 그릇에 정갈하게 담긴 음식 사진, 그걸 먹고 있는 아이의 사진이 팔 할을 차지했고, 잘 크고 있는 반려 동식물이나 집 앞 산책로, 잡지에서나 볼 법한 멋스러운 러그나 커튼 같은 인테리어 소품 사진이 나머지를 메웠다. 이런 사진만 보고 있자면 전업주부의 삶은 아늑하고 정돈된 공간에서 사랑하는 이와 소박한 저녁을 먹는 나날로만 이루어진 것처럼 보였다.

이런 사진은 그 어떤 사진보다 매력적이었고, 자주 나를 혼란스럽게 했다. 일주일에 최소 두세 번은 야근을 해야 했던 나는 요리는 고사하고 남편과 외식 한 번 하기도 녹록지 않았다. 구내식당이나 근처 삼겹살집에서 허겁지겁 끼니를 때우면서 스마트폰으로 제철 음식으로 차린 정갈한 밥상을 보고 있자면, '아무래도 잘못 살고 있는 것 같다'는 생각이 자주 들었다. 버릴 것이라고는 다 먹은 커피 우유갑과 맥주 캔이 전부인 쓰레기통을 보면서 '오래 살긴 힘들겠다'는 불길한 생각도 종종했다. 매일 소소한 행복이 전시되는 그녀들의 SNS를 볼 때마다 '행복은 강도가 아니라 빈도'라는 말이 자주 귓전을 맴돌았다. 구름 한 점 없는 삶에 대한 동경을 품고 전업주부 생활을 시작했다.

그림자는 전업주부로 살아보니 모습을 드러냈다. 그럴듯해 보이는 음식 사진 한 장을 위해 얼마나 많은 조리도구와 그릇을 동원했을지, 탄성을 자아내는 인테리어 사진을 건지기 위해 얼마나 많은 물건을 집었다 놓고 얼마나 자주 청소기를 돌렸을지. 예전엔 보이지 않던 것들이 그렇게 내 눈에 들어왔다.

완벽한 살림을 담은 SNS사진, 잡지, TV프로그램을 미국에서는 '도메스틱 포르노Domestic pornography'라고 한다는 사실도 나중에야 알게 됐다. 나처럼 신문사에서 일하다 지쳐 집으로 돌아간 작가 에밀리 맷차는 저서 《하우스와이프 2.0》에서 "진짜 포르노만큼이나 중독성이 강한 도메스틱 포르노가 직장생활에 환멸을 느낀 워킹우먼을 집으로 돌아오게 만드는 데 한 몫을 해내고 있다"고 했다. 보다 보면 하고 싶어지는 포르노처럼, 도메스틱 포르노도 자꾸 보다 보면 살림을 하고 싶어졌다.

그렇게 전업주부가 되자 그제야 전업주부 친구들은 내게 그림자를 드러냈다.

"건보료가 너무 많이 나와서 직원이랑 통화를 하는데 '무직이시잖아요'라는 말을 열 번도 넘게 하는 거야. 그 '무직'이란 소리에 얼마나 자존심이 상하던지… 나 그날 보드카 마셨잖아."

"애도 잘 크고 남편도 회사생활 잘 하고 있고. 따져보면 우울할 이유가 없지. 근데 말이야, 내가 없어. 내 인생의 경계가 허물어져 그들의 인생에 빨려 들어가는 느낌이라고 해야 하나?"

회사를 그만두고 만난 그녀들은 어떻게 참았나 싶을 만큼 적나라하게 그간의 고충을 늘어놓았다. '진즉에 솔직히 좀 말해주지' 싶었지만 한편으론 너무 이해됐다. 워킹우먼에게 미묘한 열등감을 갖고 있는 전업주부는 최소한 그들 앞에서 만큼은 그늘을 드러내고 싶지 않다. (물론 열등감을 갖고 있긴 워킹우먼도 마찬가지다. 전업주부와 워킹우먼은 서로 '못 가본 길'을 걷는 상대의 삶을 곁눈질한다.) 게다가 대부분의 사람들은 남도 나처럼 살기를 원한다. 다수 쪽에 속해야 덜 불안하니까. 전업주부가 되고 나서야 '어서 이 세계로 오라'고 손짓하던 친구들의 그늘진 표정이 눈에 들어오기 시작했다.

"너 만나기 싫어서 여기 안 오려고 했어. 널 만나면 너무 부러워서 또 그만두고 싶어질까 봐." 전 직장동료의 결혼식에서 만난 지인 S가 웃으며 인사를 건넸다. 이미 한차례 직장을 관뒀다가 결혼 직전 재취업한 그녀는 요즘 또다시 퇴사병을 앓고 있다고 했다. 그 와중에 노동 없는 천국에 사는 것처럼 보이는 나까지 만나면 자신도 주부로 살고 싶어질까 봐 고민 끝에 왔다는 것이다.

순간 해사한 미소를 머금고 전업주부의 삶을 찬양하고픈 욕망이 불쑥 일었지만, 나는 꾹 참고 담담하게 말해줬다. "언니, 전업주부도 다 좋은 건 아냐. 다 제 몫의 그늘이 있는 거야." 그제야 내 얼굴에 오래 머물던 그늘이 걷힌 느낌이 들었다.

결혼과 동시에 뚫린 '퇴사 고속도로'

처음 신혼집을 보러 갔을 때 가장 마음에 들었던 건 아파트 1층에 있는 어린이집이었다. '동화나라'라는 앙증맞은 이름의 이 어린이집 현관문에는 보건복지부로부터 인증받았음을 증명하는 작은 팻말이 걸려 있었다. 엘리베이터만 타면 갈 수 있는 지척에 꽤 믿음직한 어린이집이 있다니 이것도 참 복이다 싶었다. 12층 신혼집에 발을 들여놓기도 전에 나는 이 집이 꼭 마음에 들었다.

보기만 해도 흡족하던 이 어린이집이 번뇌로 가는 고속도로가 된 건 결혼 후부터였다. 자정이 다 된 시간 퉁퉁 부은 다리로 느려 터진 엘리베이터를 기다리다 보면 자연히 이 어린이집으로 시선이 갔다. 선생님도, 아이도 모두 각자의 집으로 돌아가 절간처럼 고요해진 어린이집 현관문을 보고 있노라면 조만간 내 미래가 될지도 모르는 영상 하나가 머릿속에서 조용히 재생됐다. 지친 여자가 다급하게 어린이집으로 뛰어 들어와 아이를 건네받는 영상. "늦어서 죄송합니다"라고 연거푸 사과하며 선생님의 눈치를 살피는 장면.

결코 과한 상상이 아니었다. 일주일에 아무리 적어도 두 번은 자정까지 야근해야 하는 내게 이런 상황은 일상이 될 게 뻔했다. 가속도가 붙은 상상은 이번엔 나를 회사로 데려다 놓았다. "죄송한데요, 아기 때문에 가봐야 할 것 같아요." 쭈뼛거리며 상사에게 양해를 구하는 내 모습. 이 역시 충분히 개연성 있는 전개였다. 허둥지둥, 종종걸음, 죄송연발. 사실상 거의 모든 살림을 외주로 주고 있는데도 하루하루가 전쟁 같은데, 아이까지 생기면 정말 패잔병이 되겠구나 싶었다. 회사에서도, 집에서도 죄인이 되는 삶이 그리 먼 미래의 일 같지 않았다. 퇴근길 발걸음이 모래주머니를 찬 듯 무겁기만 했다.

결혼과 동시에 직장생활이 '끝이 보이는 연애'처럼 느껴지기 시작했다. 어차피 끝나게 될 관계, 무리해서 그 기간을 연장한들 무슨 의미가 있겠냐 싶은 허무주의가 안개처럼 내 주위를 감쌌다. 내가 다닌 직장은 업계에서 복지가 가장 뛰어난 축에 들었다. 그러나 내가 퇴사하기 전까지 그 유구한 역사에서 육아휴직을 쓴 여기자가 단 한 명일 정도(그마저도 복직 후 반년도 안 돼 퇴사했다)로 결코 여성이 다니기 좋은 직장은 아니었다. 물론 알고 있었다. 그러나 당장 취직이라는 급한 불부터 꺼야 하는 내게 결혼과 출산 이후의 일을 고민할 여유 따윈 없었다.

그렇게 뒷전으로 치워둔 문제는 결혼과 동시에 내 코앞으로 순간이동했다. 육아휴직처럼 있는 제도도 쓰지 않을 만큼 경쟁적인 조직에서 임신, 출산, 육아의 과정을 통과하는 일이 체력도 정신력도 약한 내게는 불가능한 일처럼 느껴졌다.

커리어 면에서도 한계가 뚜렷해 보였다. 당시 나는 매일 마른수건을 짜듯 내 모든 에너지를 동원해도 주어진 업무를 야무지게 완수하지 못했다. 이런 와중에 임신이라도 하게 돼 공백이 생긴다면, 아이를 키우느라 체력도 집중력도 분산된다면 그나마 남은 능력마저 빠르게 바닥날 게 뻔했다. 안 그래도 인사 적체에 시달리는 회사가 그런 내게 기회를 줄까. 대답은 회의적이었다. 버티고 버틴 결과가 '도태'일 때 그 엄청난 좌절감을 내가 감당할 수 있을지 자신이 없었다.

아무리 긍정적으로 봐도 10년 뒤 '14년 차 기자' 이상의 타이틀은 얻지 못할 것 같았다. 신문과 방송에서 두루 활약하는 칼럼니스트가 되겠다는 입사 때의 포부는 결혼과 동시에 '불가능한' 꿈이 되어갔다. 커리어에 대한 체념은 일에 대한 의지를 갉아먹었다. "돈을 위해 썼지만 돈만을 위해 쓰지는 않았다"는 작가 공지영처럼, 돈을 위해 일하지만 돈만을 위해 일하고 싶지는 않았다. 버티다 보면 꿈꾸던 사람이 될 수 있다는 희망이 사라진 노동은 내게 교도소 노역과 별반 다르지 않았다. 그렇게 나는 일의 의미를 잃어버렸다.

결혼이 가져온 변화는 그게 다가 아니었다. 결혼과 동시에 퇴사를 주저하게 만들던 결정적 장애물이 상당 부분 사라졌다. 결혼 전에도 사표를 내고 싶은 순간은 모래알처럼 많았다. 그러나 사회적 정체성이 사라지는 게, 그러니까 백수가 되는 게 싫어 쉼 호흡 한 번 크게 하고 퇴사 위기를 넘기곤 했다. 첫 직장에서 두 번째 직장으로 옮길 때 7~8개월 정도 백수생활을 했던 나는 다시 백수가 되는 게 정말 끔찍했다. 정확히는 사람들에게 나를 백수라고 소개해야 하는 상황이 싫었다. 내가 번 돈으로 내가 노는 건 사실 흠잡을 일도 아니었는데, '무슨 일 하냐' '요즘 뭐 하냐'는 질문을 받을 때면 왠지 창피하고 비참한 마음이 들었다. 오죽 싫었으면 남는 게 시간인 백수가 친구 한 번을 안 만났다.

더 싫은 건 부모님을 곤란하게 만드는 일이었다. 특히 엄마가 걸렸다. 엄마는 내 고교 동창 엄마들과 모임을 서너 개 하고 있었다. 그 모임에서 '근황토크'는 자식의 결혼이나 입사, 이직 얘기들로 채워질 게 뻔했다. 내가 백수가 되면 엄마는 모임 친구들에게 '왜 그만뒀어?' '그럼 이제 뭐 해?' 같은 곤란한 질문을 받게 될 것이다. 그런 낯 뜨겁고, 난처한 상황에 엄마를 앉히기 싫었다.

하지만 결혼과 동시에 최소한 이런 걱정은 해소됐다. 기혼자, 특히 여자는 퇴사해도 백수가 되지 않는다. '전업주부'가 될 뿐이다. 결혼과 동시에 새로 얻은 주부라는 타이틀은 꽤 명쾌했고, 부연 설명도 그닥 필요치 않았다. 여전히 가사 노동이나 육아가 여성의 일로 여겨지는 우리 사회에서 결혼하고 회사를 그만두는 건 그리 부자연스러운 일도, 이례적인 경우도 아니었다. 오히려 어떤 기성세대에게는 권장할만한 일로 여겨지기도 했다.(실제 퇴사 직전 만난 한 원로 선배는 내게 "나는 네 선택이 좋아 보인다"고 격려했다.) 중앙일간지 기자라는 '명함빨'에는 당연히 못 미치지만, 때마침 퇴사와 욜로 열풍이 불어줬던 터라 전업주부란 정체성도 그리 멋없게 느껴지진 않았다.

그 무섭다는 밥벌이 걱정도 결혼이 어느 정도는 해결해줬다. 회사를 다니면서 악착같이 모아두긴 했지만, 매달 따박따박 들어오던 돈이 뚝 끊기는 '월급 절벽'에 대한 두려움은 퇴사를 망설이게 만드는 꽤 중차대한 이유였다. 그러나 결혼과 동시에 내겐 '경제 공동체'가 생겼다. 그가 매달 내 통장으로 보내주는 생활비는 일정 부분 월급이 빠져나간 자리를 메워줬다. 내 월급을 축냈던 3대장, 택시 · 커피 · 외식은 주부가 되면 자연스럽게 퇴장할 게 분명했다. 남편에게 '짠순이' 소리를 들을 정도로 절약 정신이 투철한 내겐 남편 월급만으로도 살림을 해낼 수 있다는 자신도 있었다. 호환마마보다 무섭다는 월급 절벽도 감당할 만하게 느껴졌다. 비포장도로처럼 좁고 구불구불해 보이던 '퇴사로 가는 길'이 결혼 후 막 개통한 고속도로처럼 뻥 뚫리기 시작했다. 그 길을 향해 전속력으로 돌진했다.

요즘도 오며 가며 어린이집을 본다. 한때는 나를 도와줄 지원군처럼 보였지만, 이내 나를 체념하게 만들었던 바로 그 어린이집이다. '동화나라'라는 이름도, 보건복지부로부터 인증받았음을 증명하던 팻말도 1년째 그대로다. 그리고 아직도 나는 그 문을 열어보지 못하고 있다.

결혼 후 그들은 덜 중요한 일을 권했다

○

"살림하면서 다니기엔 그 팀이 나을 거야." 결혼 직후 인사 발령이 났다. 더 편하지만, 덜 중요한 부서로. 원한 건 아니었다. 여기에 남고 싶다는 의사를 분명하게 전했다. 그러나 소용이 없었다. 윗분들 사이에선 이미 얘기가 끝난 듯 했다.

새로 발령받은 곳은 기존에 일하던 곳보다 예측 가능했다. 사건이 터지면 언제고 현장으로 달려가야 했던 전 부서와 달리, 매일 아침 메일함에 도착하는 수십 통의 보도자료를 가공해 기사를 쓰면 됐다. 비교적 앉아서 일할 수 있는 부서였고, 돌발이슈가 적어 퇴근도 가능했다. 부서 이동을 권한 선배는 이런 장점이 막 결혼해 익숙하지 않은 살림까지 도맡아야 하는 내게 유리할 것이라고 판단했던 것 같다. 좋은 선배였다. 분명 나를 배려하고픈 마음에서 그랬을 것이다.

그러나 '배려'는 내게 '배제'로 다가왔다. 새로 발령받은 팀은 회사가 힘을 실어주는 부서는 아니었다. 팀이라고 하기에 민망할 정도로 인원이 없었고, 나를 제외한 유일한 팀원은 다음 달 퇴사를 앞두고 있었다. 입사 한 달 만에 한 차례 사표를 내기도 했던 그는 주어진 일은 무리 없이 해냈지만 결코 일을 찾아서 하지는 않는 사람이었다.

그런 동료의 '대타'로 내가 지목된 거나 다름없었다. 자존심이 상했다. 조직의 인사 발령은 많은 정보를 함축하고 있다. 조직원의 현재 능력과 잠재력에 대한 평가가 몇 글자 되지도 않는 인사 공고에 투명하게 담긴다. 덜 중요한 업무로의 인사 발령은 말하고 있었다. 회사는 나를 덜 중요하게 생각한다는 사실을.

돌이켜 보면 전조가 있었다. 결혼 후 회사 선배로부터 받는 질문의 결이 달라졌다. "신랑 밥은 해주니? 아기는 언제 가질 거니?" 별 뜻 없이 건넨 질문이란 것쯤은 알고 있었지만 나는 좀 낯설었다. 결혼 전엔 '앞으로 어떤 부서에 가고 싶냐'로 시작해 커리어 상담으로 끝났던 대화가 어느새 '살림'과 '출산'에 대한 것으로 채워지고 있었다. 결혼 후 일이 아닌 것들에 대해 답하는 날이 많아졌다.

곰곰이 생각해 보니 역사가 깊었다. 적지 않은 여자 선배들이 결혼 후 덜 힘든 곳으로 부서를 배정받았다. 일반 기업에 다니는 친구들도 마찬가지였다. '윗분'들의 입장도 이해는 간다. 가임기에, 임신 가능성까지 높은 여직원에게 험한 일을 시키기는 내가 상사였어도 조금은 부담스럽게 느껴졌을 것이다. 결혼 후 소위 '터프한' 부서에서 빼달라고 먼저 요청했던 여직원도 분명 있었을 것이다. 그들의 배려는 관행이었고, 어떤 면에선 합리적이기도 했다.

하지만 동기는 배려였을지언정, 결과는 배제였다. 중요한 일은 험할 수밖에 없다. 이건 비단 언론사 뿐 아니라 거의 모든 직장에서 통하는 진리에 가깝다. 책임도 적고, 강도도 덜한 일이 업무의 핵심일 수는 없다. 더 편한 일은 덜 중요하다. 그러니까 어떤 여자들은 자신의 의지와 상관없이 결혼과 동시에 회사의 주연에서 조연으로 물러나게 되는 것이다. 결혼을 기점으로 남자 직원은 본격적으로 써먹을 인력으로 '격상'되지만, 여직원은 어쩐지 써먹기 조심스러운 인력으로 '격하'된다는 건 이미 공공연한 사실이다.

부서 이동을 '배제'로 받아들이자 심한 배신감이 나를 뒤덮었다. 결혼하고 업무에 소홀하다는 눈총을 받기 싫어 많이 무리했다. 나보다 먼저 결혼한 한 여기자가 충분히 제 몫을 해내고도 팀원들에게 "결혼 핑계로 너무 논다"는 험담을 듣는 모습을 멀리서 지켜봤던 터라 평소보다 더 '달려야' 괜한 뒷말이 나오지 않을 거라고 생각했다.

마침 신혼여행을 다녀오자마자 내가 맡은 출입처에서 대형 사건이 터졌다. 한 달 가까이 아침 9시부터 밤 12시까지 매일 야근을 했다. 신혼여행 잘 다녀왔다고 양가에 인사를 드리는 게 예의인 걸 알았지만 주말까지 출근하느라 얼굴 한 번 보여드리지 못할 정도였다. 이렇게 신혼까지 반납하며 기를 썼는데 결국 이렇게 되다니… 허탈함을 넘어 배신감이 밀려왔다.

배제된 일꾼이 주인의식을 갖기는 어렵다. 약간의 모험이 수반되지만 큰 성취가 가능한 업무 앞에서 나는 슬금슬금 뒷걸음질 쳤다. 중요한 역할은 주인공의 몫이고, 그 옆에서 나는 서포트만 하면 된다고 마음속으로 선을 그었다. 자진해서 일을 벌이는 경우는 거의 없었고, 상사가 시키는 일만 꾸역꾸역했다. 그렇게 점차 수동적, 방어적으로 변해가는 내게서 퇴사한 동료의 모습이 자꾸 겹쳐 보였다.

이러면 안 될 것 같아 '셀프 동기부여'도 해 봤다. 시간만 나면 내 전임자, 그 전임자의 전임자, 그 전임자의 전임자의 전임자가 지금은 어떤 부서에서 일하고 있는지 찾아봤다. 내가 있는 이 자리에서도 내 노력 여하에 따라 충분히 빛날 수 있다는 증거를 찾고 싶었다. 한때 주춤했으나 다시 제 속도를 찾은 그들의 모습을 보면서 희망을 찾고 싶었다.

그러나 생각했던 것보다 나는 더 많이 상처받았나 보다. 다시 1군 엔트리에 포함되겠다며 이를 악물고 일하다가도 작은 장애물만 만나면 '어차피 그래봤자 2군'이라며 쉽게 손을 놓아 버렸다. 마치 '쟁반 노래방'의 쟁반처럼, 결혼과 동시에 소리 없이 내 머리 위로 스윽 내려온 유리천장에 뒤꿈치만 들어도 '콩' 하고 머리를 박을 것 같았다. 무수한 거짓말 속에서 진실을 건져 올려야 하기에 기자에겐 집념, 끈기가 곧 무기인데, 그게 없으니 성과가 나올 리가 없었다. 그렇게 나는 정말로 덜 중요한 사람이 되어 가고 있었다. 계속 작아지다 종국에는 직장에서 사라졌다.

퇴사한 지 1년이 흘렀다. 시간은 사건의 반대편을 보게 하는 힘이 있다. 막 사표를 냈을 때는 회사가 야속했다. 내게 좌절감을 안겼던 그 인사 발령만 아니었어도 나는 여전히 일하고 있을 거라고 생각했다. 그러나 이제는 안다. 회사 탓만은 아니었다고.

쉬는 동안 읽었던 책들은 입을 모아 말했다. 한 사람의 인생에 영향을 미칠 수 있는 건 '사건' 그 자체가 아니라 그에 대한 '해석'이라고. 그때 내가 팀원 없는 팀에 배치된 걸 '좌천'이 아니라 내 역할을 확장할 기회로 받아들였다면, 회사생활에서 한 번도 삐끗하지 않은 사람은 거의 없다는 걸 마음 깊이 수긍했다면 아마 결과는 달라졌을 것이다. 어느 한쪽이 100퍼센트 잘못해 헤어지는 연인이 드물 듯, 오로지 회사의 일방적인 잘못으로 직장생활이 끝나는 경우는 그리 많지 않다. 나는 꼬였었고, 그걸 차근차근 풀 의지도 별로 없었다.

그럼에도 불구하고, 하나는 말하고 싶다. 결혼한 여직원에게 베푸는 섣부른 배려는 독毒이 될 수 있다고. 모든 시그널이 그렇듯, 배려가 배제로 오독될 가능성은 분명히 있다고. 그땐 미처 전하지 못한 이 말이 지난 1년 동안 참 하고 싶었다.

CHAPTER 2

전업주부로

살아보다

요르가즘

누군가 내게 전업주부가 되고 무엇이 가장 좋은가 묻는다면 나는 망설임 없이 "마음 놓고 하는 요가"라고 답할 것이다. 누군가 내게 전업주부에게 가장 필요한 게 무엇이냐고 묻는다면 "아침 운동"이라고 답할 것이다. 나의 전업주부 생활에서 아침 운동은 떼려야 뗄 수 없는 존재다. 하루아침에 커리어우먼에서 전업주부로 정체성이 180도 바뀌었지만, 요가로 하루를 시작했기에 덜 방황할 수 있었다.

이렇게 말하면 내가 인도깨나 다녀본 '열성 요기니'인줄 알겠지만, 실은 일주일에 세 번 동네 요가학원을 다니는 평범한 아줌마 수강생에 가깝다. 심지어 그 중에서도 '부진아'다. 남들은 석 달만 배워도 곧잘 하는 우르드바 다누라사나, 일명 아치자세를 수련한 지 1년이 다 되어 가는 지금도 못한다. 6개월이면 성공하는 시르사 아사나(머리서기) 역시 벽 없이는 1초도 못 버틴다. 그러나 비록 몸은 수강생일지언정 마음은 이효리 부럽지 않다. 요가가 일으키는 마음의 변화만큼은 누구보다 예민하게 감지한다.

퇴사하자마자 요가를 시작했으니 전업주부가 된 지 한 달 만이었다. 그때까지 나는 신문은커녕 인터넷뉴스도 잘 보지 못하고 있었다.

혹여나 동기들이 쓴 기사를 보게 될까 봐. 회사에 남아 제 몫을 해내고 있는 동기들을 보면, 제 몫을 채 해내기도 전에 도망치듯 회사를 나온 내 나약함에 자꾸만 마음이 무너졌다. 먼저 이별을 통보했지만 버림받은 기분, 내가 꼭 그랬다.

요가가 주는 환희, '요르가즘'이 찾아온 건 그때였다. 손 하나 까딱하기 싫은 무기력함이 끈질기게 엉겨 붙는 걸 겨우 떨쳐내고 요가 학원을 찾았다. 한 시간의 수업이 끝나갈 무렵 '물고기 자세'를 하는데 감고 있던 눈에서 주책없이 눈물이 흘러내렸다. 물고기 자세는 매트에 누운 상태에서 마치 누군가 내 가슴에 실을 매달아 천장 쪽으로 당기는 것처럼 가슴을 위쪽으로 들어 올리는 자세다. 그날도 여느 때와 다름없이 호흡과 함께 가슴을 끌어 올리는데 어느 순간 명치 부근이 한 번도 경험한 적 없는 각도까지 활짝 열리기 시작했다.

동시에 목소리가 들려왔다. '그 정도면 할 만큼 했어.' 태어나 한 번도 깊게 신을 믿은 적 없는 나였기에 그건 내 목소리라고 밖에 생각할 수 없었다. 마치 내게서 영혼이 빠져나와 말을 건네는 느낌이었다. 틈만 나면 더 버텼어야 했다고 스스로를 책망했던 나였다. 그랬던 내가 스스로를 진심으로 이해하고, 위로하고 있었다. 요르가즘은 자기 자신과의 진정한 화해였다.

요가는 참 여러 의미로 내게 '페이스메이커Pacemaker' 역할을 해줬다. 전업주부는 '시간 부자'처럼 보이지만 꼭 그렇지만도 않다. 여름밤 맥주만큼이나 매혹적인 아침잠 때문이다. 아침 일찍 출근하는 남편을 배웅하고 나면 '딱 30분만 더 자고 싶다'는 생각이 간절해진다. 유혹에 굴복해 한 번 이불 속으로 기어 들어가면 좀처럼 빠져나오기가 어렵다. 눈 깜빡할 사이에 30분이 3시간 된다.

직장인들이 점심 메뉴를 고를 시간에 눈을 떴을 때 그 자괴감은 이루 말할 수 없다. 시간을, 더 나아가 인생을 낭비하고 있다는 죄책감이 썰물처럼 밀려오기 때문이다. 스스로에 대한 실망감을 안고 시작한 하루가 희망적일 수는 없다. 그날은 우울과 무기력의 늪에서 허우적거리다 반찬 하나 새로 만들지 못하고 적당히 마감할 공산이 크다.

반면 아침 운동을 통해 스스로에게 스케줄을 부여하면 '본전 생각' 때문에라도 몸을 일으키게 된다. 그 말은 내게 오전이 생긴다는 뜻이다. 느긋하게 반신욕도 하고, 우아하게 커피도 마실 수 있는 오전이 요가 덕분에 주어진다. 요가를 통해 얻은 몸의 온기, 삶의 생기는 오후 늦게까지도 식지 않는다.

시간뿐 아니라 멘탈 관리에 있어서도 요가는 페이스메이커가 되어준다. 전업주부로 지내다 보면 예상 못한 박탈감이 훅 밀려올 때가 있다. 가끔은 공들여 화장한 모습을 남편이 아닌 누군가에게 보여주고 싶은데 그럴 사람이 없다. 상사 욕 진탕하며 순댓국에 소주잔을 기울이고 싶은데 그럴 기회도 없다. 나를 제외한 다른 사람들은 일을 매개로 연결돼 있는데 마치 그물에 코가 빠진 것처럼 나만 쏙 빠져 있는 느낌. 관계에서 소외된 그런 기분이 시시때때로 나를 울적하게 만든다.

이렇게 우울과 비관으로 내달릴 때 나를 잠시 멈춰 세워주는 게 요가다. 친구에게 요가를 권할 때 내가 자주 하는 말이 있다. 요가는 정말 "요가원 갈 때와 나올 때가 다른" 운동이다. 요가원을 가는 길엔 내가 갖지 못한 것, 할 수 없는 것만 끈질기게 떠오른다. 그러나 요가원을 나설 땐 어느새 내가 가진 것, 할 수 있는 것이 내 마음을 가득 채운다. 가슴을 열고, 허리를 펴고, 다리를 좀 찢었을 뿐인데 순식간에 마음에 '감사'가 들어선다. 불평박사로 평생을 살아온 내게 감사는 참 어려운 과제였는데, '그 어려운 걸 요가가 해내는(!)' 것이다. 나는 이를 '요가력力'이라고 부른다.

"회사 그만둔 거, 후회 안 해?"

퇴사하고 전업주부가 된 내가 가장 많이 받는 단골 질문이다. 나는 이렇게 답한다.

"요가를 해 보지 않고 사표를 냈던 건 좀 후회돼."

요가를 했다면, 그래서 요가가 자책과 불평에 브레이크를 걸어 주었다면 어쩌면 다른 결정을 내렸을지 모른다. 그러나 퇴근 후에도 스마트폰을 쥐고 있어야 하는 기자라는 직업과 모든 것과 단절된 채 내 숨소리에만 집중해야 하는 요가는 쉽게 양립하지 않았고, 나는 결국 퇴사라는 선택을 내렸다. 요가 없이 큰 결정을 내렸던 것, 그게 조금 아쉽다.

그래서인지 친구들이 퇴사 상담을 해달라고 찾아오면 '운동을 하고 있는지'부터 확인한다. 그러면 열에 아홉은 '운동 같은 한가한 소리하고 있네'라는 눈빛으로 나를 보며 고개를 가로젓는다. 나는 단호하게 말한다.

"일단 운동부터 등록하고, 그래도 불행하면 그때 다시 얘기하자."

내가 이렇게까지 단호하게 '운동처방'을 내리는 이유는 간단하다. '그깟' 운동이 일시적인 기분은 물론 사고방식까지 바꿀 수 있다는 걸 요가를 통해 확인했기 때문이다. '정신이 무너지면 육체를 건드려야 한다'는 작가 공지영이나, '이혼의 아픔을 근육 운동으로 극복했다'는 연애 칼럼니스트 곽정은의 글을 읽고서도 긴가민가했었는데 직접 경험해 보니 알겠다. 그들의 말은 진실이었다.

불행은 내게 없는 것을 헤아릴 때 가장 손쉽게 찾아온다. 운동은 여태 많은 걸 잃었지만 최소한 '건강'만큼은 내게 남아 있다는 걸 확인하는 가장 쉬운 방법이다. 그렇기에 운동은 가장 즉각적인 불행 백신이다. 퇴사를 망설이는 워킹우먼이나, 떠나온 회사를 자꾸만 돌아보는 전업주부. 저마다의 이유로 한껏 웅크린 그녀들을 헬스장, 요가원, 수영장으로 등 떠미는 이유다.

나는 퇴사하고 잃어버린 계절을 찾았다

멋 좀 부린다는 여자들이 너도나도 트렌치코트를 꺼내 입는 4월, 겨울용 파카를 입고 길바닥에서 울던 한 여자가 있었다. 따가운 봄볕에 겨드랑이가 흠뻑 젖은 줄도 모르고, 자기 몸에서 고리고리한 노숙자 냄새가 나는 줄도 몰랐던 반쯤 정신 나간 여자. 그녀는 나였다.

2013년 봄을 떠올리면 그날밖에 떠오르지 않는다. 당시 나는 정치 성향이 완전 다른 언론사 두 곳의 실무평가를 앞두고 있었다. 백수 8개월째. 체크카드에 남은 돈은 0을 향하고 있었고, 퇴사할 땐 넘쳤던 자신감도 점차 바닥을 드러내고 있었다. 그런 와중에 받은 언론사 두 곳의 필기전형 합격 통보는 내 인생 마지막 동아줄처럼 느껴졌다. 언론사 입사시험에서 필기전형을 통과했단 건 최종 합격의 8부 능선을 넘었다는 뜻. 나는 절대 이 줄을 놓치지 않으리라는 비장한 마음으로 실무평가를 치렀다.

"그러고 시험 봤어?" 시험을 치르고 집에 왔는데 마중 나온 엄마와 쌍둥이가 경악을 했다. 더위 잘 타는 이들은 반팔도 입을 날씨에 겨울용 검정 오리털 파카를 입고 온종일 뛰어다닌 거냐고 혀를 찼다. 그러고 보니 좀 더웠던 것 같고, 어디서 계속 노숙자 냄새가 났던 것 같다. 그건 남이 아닌 내게서 나는 악취였다. 그제야 정신이 들었다. '아, 봄이 왔었구나' 여유가 없으면 계절도 증발했다.

절박했던 덕분인지 나는 합격했다. 그러나 계절 없는 삶은 그 후로 4년 동안 이어졌다. 유달리 추위를 타는 나는 자주 계절을 앞서거나 뒤처졌다. 역시 트렌치코트의 계절인 10월에 털 달린 무스탕을 입고 나타나 동기들에게 놀림을 받았고, 봄이 오고도 남은 4월에도 모직 코트를 벗지 못했다. 하루하루 내게 주어진 과제는 매일 버거웠고, 이 과제를 어떻게 잘 해낼까 고민하느라 계절을 감지할 여유가 없었다. 게다가 매일 극도로 긴장한 탓에 여름이든 겨울이든 항상 으슬으슬 추웠다. 그러다 겨우 남들이 입은 옷차림을 보고서야 계절이 바뀐 걸 알아채곤 했다. 비중 없는 엑스트라처럼, 계절은 내게 존재감이 없었다.

그랬던 내가 주부가 되니 달라졌다. 계절은 혀로, 눈으로, 피부로, 또 돈으로 '시그널'을 보내왔다. 꼭 교외로 나가지 않아도, 재래시장을 찾지 않아도, 마트만 가면 무신경한 내게 계절은 잘도 찾아왔다.

다이어트하는 여자처럼 비쩍 말랐던 홍합이 통통하게 살이 오르면 가을이 왔다는 신호다. 한동안 마트 구석에서 있는 듯 없는 듯 숨죽였던 굴이 짜잔 하고 마트 전단 1면에 등장하면 어느덧 가을이 퇴장하고 겨울이 입장했다는 의미다. 겨울 굴은 어찌나 향기로운지, 전

기밥솥에 굴밥을 하고 나면 온 집안에 굴 향기가 퍼지는데, 이걸 응용해 '굴 디퓨저'라도 만들고 싶을 정도로 진한 바다 내음이 난다.

무는 또 어떤가. 겨울이면 희고 매끈하고 통통한 무가 한 개에 오백 원에서 천 원에 파는데, '무 다리'라는 말을 처음 만든 사람을 한 대 쥐어박고 싶을 정도로 탐스럽다. 부드럽게 퍼지는 단맛은 말할 것도 없다.

한 개에 이천오백 원까지 하던 콧대 높은 애호박이 오백 원이 되면 드디어 봄이 왔다는 신호다. 마트에서 양파를 샀는데 잘라보니 군데군데 썩어있다면 눈 깜짝하면 여름이 온다는 뜻이다. 저장 식품인 양파는 초여름이 제철인데 그 직전인 4~5월이 가장 상태가 좋지 않다.

혀끝으로 온 계절은 풍경으로 완성된다. 집 앞에 경의선 숲길이 있다. 요가원을 오가며 매일 1시간 정도 이 길을 걷곤 한다. 이 길을 바쁘게 '지나치는' 사람에겐 결코 보이지 않는 미세한 변화를, '산책하는' 나는 발견할 수 있다. 그럴 때면 마치 남들은 찾지 못하는 고난이도 틀림 그림을 나만 발견한 것처럼 의기양양해지곤 한다.

틀린 그림 찾기는 겨울에서 봄으로 넘어갈 때가 클라이막스다. 헐벗은 나무에 옅은 노란색의 목련 몽우리가 하나둘 맺히더니 다음 날 오면 어느덧 큼직한 목련이 피어 있다. 그러고 나면 흰 벚꽃이 피기 시작하는데, 야속하게도 딱 사흘이면 꽃잎이 떨어진다. 일할 때는 거의 매년 "올해는 벚꽃 구경도 못했다"고 푸념하며 남친(남편)에게 죄책감을 심어주곤 했는데, 이렇게 순식간에 폈다 지니 주말에만 만날 수 있던 우리가 벚꽃을 놓치는 건 당연한 거였다. 벚꽃이 떠난 자리는 수수꽃다리, 라일락, 철쭉 같은 선수들이 섭섭지 않게 메워준다. 바람과 햇볕도 티나지 않게 살짝씩 변하면서 산책하는 재미를 거든다. 주부가 되기 전엔 그냥 '꽃'으로 뭉뚱그려 불렀던 꽃의 개별적 이름, 꽃이 피는 순서와 시기와 과정을 알게 되는 즐거움은 내게 '성취와는 무관한 행복감'을 선사했다.

책《퇴사하겠습니다》의 저자 이나가키 에미코는 '퇴사 후 제철음식과 찰나의 풍경을 얻었다'고 했다. 이 구절을 읽는데 나도 모르게 세차게 고개가 끄덕여졌다.

퇴사하고 나는 계절을 찾았다. 그 말은 한 달 도시가스비가 천오백 원 나올 정도로 요리를 싫어 했던 내가 저렴하고 맛 좋은 제철음식으로 상을 차려 먹는 즐거움에 눈떴다는 뜻이다. 거울을 보며 줄어가는 머리카락과 늘어나는 주름을 세기 바빴던 내가 자연을 향해 고개를 돌렸다는 의미이기도 하다. 그리고 이런 변화를 통해 나는 일할 땐 느껴보지 못한 종류의 행복감을 맛봤다. 쾌락인지 행복인지 잘 구별되지 않고, 언제나 너무 순식간에 사라져 더 큰 갈증을 불러일으키던 성취감과는 전혀 다른, 순한 계절의 맛이었다.

커리어는 쌓이지만 가사는 휘발된다

"형수? 형수 놀잖아. 그 아가씨랑 시간 맞춰보고 연락 줘."

'의문의 1패'라는 말은 이럴 때 쓰는 거였다. 남편과 도련님의 통화를 먼발치에서 듣다가 난데없이 일격을 당했다. 내가 차린 밥상을 받고, 내가 세탁한 셔츠를 입고, 내가 치우는 공간에서 생활하는 남편이 나를 '논다'고 표현할 줄이야. 내 노동의 유일한 수혜자인 남편이 나의 노동을 인정해주지 않는 상황. 서운하고, 억울한 마음에 전화가 끝나기 무섭게 남편을 불렀다. 한숨과 함께, 있는 힘껏 목소리를 깔고.

"진짜 미안해. 말하면서 나도 '아차' 싶었어. 놀기는 누가 놀아. 작가님인데."

두 번째 오답. 남편은 여전히 살림을 '일'로 인식하지 못했다. 회사를 그만두고 글쓰기 책 한 권을 쓴 것만이 그의 기준에서 '일'의 영역으로 분류됐다.

"도대체 놀긴 누가 놀아? 매일 살림하고 있는데!"

남편을 쏘아붙이고 돌아서는데, 묘한 기시감이 들었다. 이 상황, 어디서 본 적 있었다. 무의식 어딘가에서 잠자고 있던 장면이 의식의 수면 위로 떠올랐다.

20년 전, 보습 학원이었다. 중학교 1학년이던 나는 영어 강의를 듣고 있었다. 그날 주제는 직업 묻고 답하기였다. "What does your mother do? what is her job? (너희 엄마는 어떤 일을 하시니)" 같은 다양한 표현으로 부모님의 직업을 묻고 답하는 와중에 내 차례가 돌아왔다.

"선생님, 저희 엄마는 집에서 노시는데요?"

'주부'도 직업이 될 수 있는지 몰랐던 나는 대답 대신 이렇게 말했다. 방실방실하던 선생님의 얼굴에 순간 웃음기가 가셨다. 줄곧 유창한 영어로 설명하던 선생님이 갑자기 한국어로 말하기 시작했다. 무언가 잘못됐음을 직감했다.

"윤아야, 엄마는 노는 게 아니야. 네가 학교 가 있을 동안 요리하고, 빨래하고, 청소하고… 너를 위해 얼마나 많은 일을 하시는데." 차분하지만 단호한 어조로 말하는 선생님의 모습에 압도된 나는 "My mother is housewife"라고 대충 답하고 입을 다물었다. 얼굴이 벌겋게 달아오르는 게 느껴졌다.

사람들은 왜 전업주부를 '논다'고 표현할까. 단순히 말하는 이가 무신경하기 때문일까. 1년째 집안일을 도맡아 온 나는 나름의 결론을 내렸다. 가사 특유의 '휘발성'이 명백히 노동하는 주부를 노는 사람으로 만들어 버린다고.

가사 노동의 흔적은 시간과 함께 증발한다. 기껏 낑낑대며 온 집안에 청소기를 돌려도 창문 몇 시간 열어두면 다시 원점이다. 티셔츠까지 적시며 폭풍 설거지를 해도 반나절만 지나면 싱크대엔 아까 씻은 만큼의 그릇이 가득 차 있다. 이 악물고 가스레인지에 눌어붙은 음식물을 박박 닦아도 정신 차리고 보면 치우기 전 바로 그 상태다. 가사 노동의 흔적은 예외 없이 가족의 흔적에 덮인다. 아니, 그러기 위해 존재하는 게 가사 노동이다.

가사 노동의 꽃, 요리도 예외는 아니다. 메뉴를 정하고, 장을 보고, 인터넷 상 수만 가지 레시피 중 가장 믿음직스런 하나를 고르고, 재료를 손질하고, 볶고 찌고 데우고… 이 복잡다단한 단계를 거친 결과물은 가족의 젓가락질 몇 번이면 사라진다. 더 지독한 건 끼니때가 오면 이 과정을 처음부터 반복해야 한다는 점이다.

특히 메뉴를 정하는 건 생각보다 난이도 있는 작업이다. 세상의 무궁무진한 레시피 중에서 내가 따라 할 수 있을 만큼 쉬우면서 집에 재료가 준비돼 있고, 남편의 취향까지 맞는 걸 고르는 일은 생각만큼 쉽지 않다. 어릴 때 저녁마다 '뭐 먹고 싶냐'고 묻던 엄마에게 '또 그 질문이냐'며 핀잔을 주곤 했었는데, 주부가 되고서야 엄마의 고충이 이해가 갔다. 아침을 먹지 않는 남편 덕에 저녁 메뉴만 고민하면 되는 나도 이렇게 지겨운데, 아침과 자식 셋 점심 도시락, 저녁까지 하루 세끼 반찬을 오롯이 혼자 정해야 했던 엄마는 오죽했을까 싶다.

나만 그런 건 아니었다. 《미움받을 용기》 시리즈로 국내 독자들에게도 잘 알려진 일본의 철학자 기시미 이치로도 《나를 위해 일한다는 것》이란 책에서 같은 고충을 토로했다. 그는 회사에서 일하는 아내를 대신해 거의 일평생 집안일을 맡아 온 '베테랑' 주부다. 나처럼 메뉴 정하기로 애를 먹던 그가 하루는 아내에게 볼멘소리를 했다. 메뉴만 정해줘도 장보기가 훨씬 수월할 것 같다고. 그의 '민원'을 받아들인 아내는 그가 마트에 가기 전 메모를 건넸다. 신난 마음에 종이를 펴 보니 이렇게 적혀 있었단다. '뭐든 많이…'

이 대목을 읽고 피식 웃음이 났다. 아무리 고민해도 마땅한 메뉴가 생각나지 않던 날 나도 모르게 중얼거린 적이 있다. "차라리 기사 아이템을 내고 말지." 매일 아침 새로운 기삿거리를 가져와야 한다는 압박감에 짓눌리다 회사를 나왔는데, 퇴사한 지 얼마나 됐다고 고작 이만한 일에 떠나온 곳을 기웃거리는지. 내 자신이 참 형편없게 느껴졌다. 그런데 플라톤과 아들러 심리학을 공부한 초(!)고학력자인 그도 고작 메뉴 때문에 괴롭다니, 내가 엄살 부린 것만은 아니구나 하는 안도감이 밀려왔다.

혼자서 묵묵히 살림을 하다 보면 어쩔 수 없이 직장을 다닐 때와 비교하게 된다. 그때마다 가사 노동의 휘발성이 못내 서운하다. 아무리 나를 피 말리게 했던 업무라도 어딘가엔 그 흔적이 남고, 그 흔적들이 모여 내 커리어를 구성한다. 그렇게 땀과 눈물로 완성된 커리어는 내게 새로운 일의 가능성을 열어주기도 한다. 하지만 아무리 반복해도 커리어로 인정받지 못하는 가사 노동은 다른 일로 가는 문을 열어주지 못한다. 사실상 퇴근이 없고, 돈으로 환산되지 못하는 단점보다 나는 그 점이 더 아쉽다. 직장생활이나 가사 노동이나 끝도 없이 굴러 내려오는 시지프스의 바위 같다는 면에선 다를 게 없겠지만, 그나마 직장생활은 '언젠가는 조금 더 가벼운 바위'가 내려올 가능성이 있다는 면에서 다르지 않을까.

'논다'는 내 말에 이상하리만큼 화를 내셨던 영어 선생님은 그로부터 채 한 달이 지나지 않아 갑자기 학원을 그만두셨다. 위암 때문이라는 얘기를 얼핏 들었다. 마지막 수업에 선생님은 피자를 사주셨다. 그렇게 좋아하던 피자도 못 먹고 나는 화장실에서 혼자 울음을 삼켰다. 엄마처럼 푸근하고 복스럽던 선생님과 더 친해지고 싶었는데 내 경솔한 말 한마디로 다 망친 것만 같았다.

지금도 그 선생님을 떠올리면 마음이 아려온다. 해도 해도 원점인 집안일과 고된 학원 일을 병행하며 그녀가 얼마나 정신없는 30대를 보냈을지, 그 숨가쁨이 이제야 짐작되기 때문이다. 어쩌면 '논다'는 말에 선생님이 그렇게까지 발끈했던 건, 스스로를 까맣게 태워가며 해냈던 가사 노동이 속절없이 휘발되어 버리는 데 대한 억울함 때문이 아니었을까.

그래서 나는 가사 노동을 대충한다. 그게 가사 노동의 휘발 속도를 늦춰주기 때문이다. 가사 노동은 안 해야 그 존재가 드러난다. 엄마가 내 방 청소에서 손을 떼고서야 비로소 내가 엄마의 노동을 실감했듯이 말이다. 단 며칠만 하지 않아도 집안은 불결하고, 불편해진다. 당연하게만 여기던 집안 상태가 주부의 가사 노동으로 유지된 거였다는 어쩌면 지극히 당연한 사실이 그제야 증명된다. 그렇기에 가사 노동을 대하는 가장 적절한 태도는 완벽주의가 아니라 '적당주의'다. 적당히 설렁설렁해야 내 노동이 귀한 줄 안다. 조직에서나 가정에서나 '일한 티'를 내야 대접받는다는 게 조금 서글프지만 말이다.

에어로빅보다 커피 타임이 더 중요했던 이유

○

에어로빅 아줌마들은 내게 충격과 공포였다. 대학에 막 입학했을 때 딱 한 달 동안 에어로빅을 배웠던 적이 있다. 고3때 찐 살을 급하게 빼려면 무조건 유산소를 해야 했다. 마침 아파트 단지에 있는 스포츠센터에 에어로빅 강의가 개설돼 있었다. 에어로빅 10년 차 선배인 엄마를 따라 반짝반짝 윤이 나는 마룻바닥에 첫 발자국을 남겼다.

잔뜩 흥이 오른 아줌마들의 엇 박 추임새도, 뽕끼 충만한 음악도 다 참을 만했다. 문제는 마지막 음악이 멈추고 시작됐다. "명숙 언니, 커피 한 잔 하고 가~ 너도 일로 와서 떡 한 쪽 먹어." 엄마의 '동생'과 '언니'들이 나와 엄마의 손을 잡아끌었다. 탈의실 정중앙에 자리 잡고 있던 동그란 탁자엔 떡, 빵, 과일, 커피가 그득하게 차려져 있었다. 순식간에 탈의실에 달큰한 믹스 커피향이 퍼졌다. 커피와 함께 시작된 아줌마들의 수다는 그칠 줄을 몰랐다. 모르는 사람이 보면 10년 만에 만난 여고 동창인 줄 알 정도. 탈의실에서 시작된 수다는 샤워실에서 2부를 열었다. 안 그래도 에코가 빵빵한 목욕탕에서 여러 아줌마들이 동시 다발적으로 깔깔거리니 소음에 취약한 나는 신경이 곤두섰다. 등에 묻은 물기를 대충 닦고 옷을 입는데 엄마 '동생'의 목소리가 들려왔다.

"언니, 내일 회식인 거 알지? 오리고기 먹을 거니까 2만 원~" 내 생에 에어로빅은 그날이 마지막이었다.

'운동은 운동일 뿐 친목하지 말자'는 그날 이후 내가 고수해온 운동관이었다. 그랬던 내가 전업주부가 되고 달라졌다. 전업주부가 된 지 석 달쯤 지났을 때였다. 요가를 마치고 겉옷을 입는데 문득 '여기는 커피 타임도 없나?'라는 서운한 마음이 들었다. 아침 9시 30분 타임 수강생은 전업주부일 가능성이 높았다. 막 아이를 등교시키고 오기 딱 좋은 시간이기 때문이다. 그런데도 누구하나 내게 몇 살이냐, 뭐 하냐, 아기는 있냐고 묻지 않았다. 모르는 사람의 악의 없는 호구조사가 불편하던 나였는데, 언제부터인지 그 질문을 기다리고 있었다. 나는 사무치게 외로웠다.

회사 다닐 땐 매일 새로운 사람을 만나 점심을 먹는 일이 버거웠다. 하루에 100통 넘게 걸려 오는 전화가 지겨웠다. 잠깐만 한눈팔아도 순식간에 메신저엔 새 메시지가 300개쯤 쌓였다. 깊이도 없이 양적으로만 확대되는 인간관계에 신물이 났다. 내겐 혼자 있는 시간이 절실했다.

그러나 전업주부가 되고 얼마 되지 않아 나는 알게 됐다. 내가 사람을 무척 좋아한다는 사실을. 나는 동네 정육점 아저씨의 '아는 체'

에 설레었다. 손이 작아 고기를 반 근 이상 사는 법이 없는 나를 기억하곤 먼저 "오늘도 반 근?"이라고 물어주는 그의 세심함에 기분이 좋았다. (어쩌면 아저씨는 반 근만 고집하는 나를 비꼰 것일지도 모르겠다) 한 번은 독서 의자를 조립해주러 온 기사님과 20분 가까이 수다를 떨기도 했다. 그 비싼 홍삼차까지 내드리며 말이다. 스마트폰에 카톡 표시가 뜨면 흥분됐고, 간간이 있는 결혼식이나 청첩 모임 같은 '이벤트'에 들떴다.

그만큼 전업주부는 외로운 세계였다. 전업주부는 혼자 일한다. 동료가 없다. 아니, 있지만 내 눈에 보이지 않는다. 내 동료들은 각자의 집에서 일하고 있기 때문이다. 그래서 전업주부의 외로움은 이전에 겪었던 고독과는 결이 다르다. 흘러넘치는 소통에서 단 한순간도 교감을 느끼지 못할 때 느끼는 외로움이 '좌절감'에 가깝다면, 종일 아무와도 대화하지 못했을 때 느끼는 감정은 '단절감'에 가깝다. 좌절감은 익숙했지만, 단절감은 낯설었다.

동료들과 단절되고 나서야 그들이 해오던 역할이 하나둘 모습을 드러냈다. 동료의 존재는 결코 가볍지 않다. 비단 밥벌이의 애환을 공유하고, 함께 울분을 토해줘서 만은 아니다. 동료는 때로 등대가 되어 방향을 비춰주기도 하고, 새로운 정보나 트렌드를 일러주기도 하며, 그 자체만으로 동기Motivation가 되기도 한다. 게다가 일에서 '추억'에 해당하는 모든 것은 동료가 담당한다. 소설가 김연수가 말했듯

'혼자하면 기억, 둘이 하면 추억'이니 말이다. 집에서 혼자하는 일에는 좀처럼 추억이 쌓이지 않는다.

전 직장에서 만난 A가 그랬다. 데스크가 주문하는 기사만 쓰며 무의미에 몸부림칠 때, 그녀는 책을 써보려 한다는 계획을 넌지시 일러줬다. 살벌한 팩트의 문장에 바들바들 떨던 내게 '책'이라는 따스한 세계를 일러준 것이다. '못 먹어도 고'라며 일을 벌이던 당찬 모습은 방어적으로만 일하던 나의 태도를 돌아보게 했다. 무엇보다 칠흑 같이 깜깜하기만 했던 내 직장생활을 반짝이는 만취 에피소드로 밝혀줬다. 술에 취해 마른세수를 100번쯤 하던 나를 보고 '고양이랑 술 마시는 것 같다'며 놀려댔던 일, 만취해 남친(현 남편)에게 끌려가던 나의 손을 붙잡고 울었던(도대체 왜?) 일… 자책, 분노, 억울함 같은 단어로 점철된 회사생활이었지만 이런 추억이 곳곳에 포진해 있어 끔찍했다고는 생각되지 않는다. 사람을 건졌기에 아주 허탕친 직장생활은 아니었다.

전업주부로 지내면서도 사람을 얻을 수 있을 줄 알았다. 요가원이나 자주 가는 카페에서 우연히 친구의 인연이 맺어지길 기대했다. 생각만큼 쉽지 않았다. 물론 방법이 없진 않았다. 여성 커뮤니티에는 '임신 준비하는 ○○ 전업주부 친구해요~' 같은 친구 구인 광고가 종종 올라온다. 하지만 결혼도 '연애결혼'을 고집했던 나는 친구도 자연스럽게 사귀고 싶었다. 결국 남편이 해소되지 못한 내 엄청난 발화 욕구의 희생양이 됐다. 남편이 집에 오면 하루 동안 힘겹게 참은 말을 줄줄이 토해냈다. 남편은 남편도 되고, 내 동료도 되어줘야 했다. 종일 '과잉 소통'에 시달린 남편은 고독을 간절히 원했지만, 종일 단절 속에서 몸부림쳤던 나는 소통에 목말랐다. 결국 균형을 잃은 부부의 발화 욕구는 종종 다툼으로 이어졌다.

"내 주변 공간을 침묵이 잡아먹게 하지 마세요." 끊이지 않는 내 수다에 남편이 지친 내색을 할 때면 곧잘 이 대사를 인용했다. 이 말은 영화 〈내 아내의 모든 것〉에서 임수정(연정인 역)이 작심하고 청취자(또는 관객)에게 건넨 메시지다. 나는 이 명대사와 함께 침묵에 잠식당한 부부가 결국 가정법원에 갔다(가 밥 먹고 그냥 돌아온다)는 결말을 은근슬쩍 흘려 남편에게 위기감을 조성했다.

사실 이 영화를 처음 봤을 땐 화장실까지 따라가 큰일 보는 남편 옆에서까지 조잘거리는 여주인공이 과장됐다고 느꼈다. 이런 여자가 있을까 싶었다. 그러나 전업주부가 된 뒤 TV를 통해 이 영화를 다시 봤을 땐 충분히 있을 법한 이야기라고 수긍하게 됐다. 그녀는 등단까지 했으나 끝내 글로 무언가를 만들어내지 못한 아이 없는 전업주부였다. 글을 쓰겠다고 마음을 먹고 미약하나마 실행에 옮겼다는 사실 하나 만으로도 나는 그녀가 얼마나 하고 싶은 말이 많았을지 짐작할 수 있다. 아이도, 동네 친구도 하나 없는 그녀에겐 남편이 유일한 세상과의 통로였을 것이다.

그녀의 끊임없는 불평불만은 꿈에서 멀어져 가는 자기 자신과의 불화가 만들어낸 마찰음일지도 모른다. 한때는 어리석게만 보이던 그녀가 안쓰럽게 느껴지기 시작했다.

위태롭던 우리 부부는 의외의 사건으로 다시 평화를 찾았다. 바로 전 직장동료 A의 등장이었다. 석 달 동안 휴직을 하게 된 A는 내 권유로 요가에 입문했고, 마침 외로웠던 내가 A의 요가원으로 옮기면서 우리는 재회했다. 그리고 그녀 덕분에 나는 그렇게도 고대하던 '커피 타임'을 갖게 됐다. 당연히 커피만 마신 건 아니었다. 요가를 끝내고는 그녀의 집에서 미역국과 김치가 오른 소박한 점심을 함께 먹거나 근처 떡볶이 가게에서 튀김을 입에 넣으며 요가할 때 보다 더 진지한 자세로 수다를 떨었다. 요가가 내 몸에 쌓인 지방을 태워줬다면, 수다는 내 마음에 축적된 고독감을 태워줬다. 운동과 수다는 그래서 세트였다. 그녀와 실컷 떠들고 집에 가면 나 역시 기진맥진했다. 커피 타임은 우리 부부의 어긋난 소통 욕구의 균형추가 되어줬다.

한때는 운동하러 와서 '친목질'하는 에어로빅 아줌마를 성가시게 여겼다. 기껏 헉헉거리며 운동하고선 음악 멈추자마자 먹고 마시는 그녀들이 어리석다고까지 생각했다. 하지만 이제 안다. 그 1시간의 커피 타임이 동료도 없고 추억도 없는 외로운 노동을 버티게 해준다는 사실을. 누군가에겐 커피 타임이 에어로빅보다 더 확실한 카타르시스를 준다는 것도 말이다.

한때 알파걸이던 내가 전업주부로 산다는 건

엄마의 속옷 서랍을 열어본 건 1년 만이었다. 그 간의 병원비를 정산하고, 외할머니의 유품을 챙기느라 경황이 없는 엄마를 대신해 내가 친정으로 가 2박 3일 장례 일정 동안 갈아입을 옷가지를 챙겼다. 속옷과 양말, 간단한 세면도구만 챙겨 최대한 빨리 장례식장으로 가려고 했는데, 예상 외로 시간이 오래 걸렸다. 복병은 낡디낡은 엄마의 속옷이었다. 늘어난 팬티, 레이스 여기 저기 구멍 뚫린 브라, 시원찮아 보이는 내복까지. 뭐 하나 '이거다' 하고 챙길 게 없었다. 도대체 얼마나 오래 새 속옷을 사지 않은 것일까. 매일 만나는 에어로빅 동기들 앞에서 이런 속옷을 내보였다는 말인가. 감당할 수 없는 죄책감은 가끔 방향을 잃고 엉뚱한 분노로 표출된다. "엄마, 속옷이 너무 낡았더라. 궁상 그만 떨고 새 것 좀 사." 엄마라는 따뜻한 세상을 잃고 파리해진 엄마에게 나도 모르게 퉁명스러운 말이 튀어나왔다.

엄마의 '궁상'은 역사가 깊었다. 아빠의 월급은 자식 셋을 키우기엔 충분하지 않았다. 전업주부인 엄마는 부업이라도 해 가계에 보탠다며 호시탐탐 일할 기회를 엿봤지만, 그때마다 아빠는 완강히 반대했다. 눈치도 없이 우리 자매는 공부를 잘했고, 욕심도 많았다. 이 학원

저 학원 보내달라고 요구했고 급기야는 학비가 비싸기로 유명한 외고까지 들어갔다. 엄마는 더 허리띠를 졸라맸다. 이마트와 길가의 야채 가게를 시계추처럼 왔다 갔다 하며 단 백 원이라도 싼 곳을 찾았다. 백화점에선 마네킹엔 눈길 한 번 안주고 매대부터 달려갔다. 아무리 더워도, 추워도 택시 한 번을 안 탔다. 그런 엄마가 때로 답답했다.

"이렇게 추운 날 그걸 입고 지하철을 타겠다고? 그건 절약이 아니고 궁상이야." 언니의 결혼식 날이었다. 강남의 메이크업숍까지 택시를 타고 가긴 돈이 아까워 지하철을 타겠다고 했더니 좀처럼 먼저 화내는 법이 없는 남편이 버럭 짜증을 냈다. 영하의 날씨에 원피스에 하이힐을 신고 지하철을 타겠다는 내가 답답하고, 안쓰러워 그랬을 것이다. 그렇지만 남편의 입에서 나온 한 단어는 내 가슴에 날카롭게 꽂혔다. '내가 궁상을 떨고 있다고?'

전업주부가 되고부터 돈을 쓸 때마다 옅은 죄책감이 들었다. 돈은 벌지 않으면서 소비만 하고 있는 게 아무래도 미안했다. 이 죄책감은 '최대한 아껴야 한다'는 압박감으로 이어졌다. 돈을 벌지 않는 내가 가계에 할 수 있는 유일한 기여는 '절약'뿐이라고 생각했다. 상시적 죄책감과 '절약 강박'은 궁상의 다른 이름이었다.

절약은 오직 나만을 향했다. 가장 먼저 끊은 게 택시였다. 조금만 몸이 힘들면 택시부터 잡아타던 나였는데, 전업주부가 된 후 택시라는 선택지를 머릿속에서 지워버렸다. 잠깐 편하자고 지하철, 버스보다 못해도 이삼천 원 비싼 택시를 타는 건 사치라고 생각했다. 이천 원이면 큼직한 브로콜리 하나, 며칠은 두고 먹을 양배추 한 통을 살 수 있는 돈이다. 택시를 타면 그것들을 길바닥에 버리는 느낌이 들었다. 쇼핑도 최선을 다해 참았다. 남편 옷은 십만 원 넘는 것도 턱턱 사면서 내 옷을 살 땐 이삼만 원에도 고민을 거듭했다.

절약은 엉뚱한 곳까지 영역을 넓혀갔다. 하루는 돈까스 나베를 만들었다. 뜨끈하게 오래 먹을 수 있도록 뚝배기에 담아내려는데, 집에 뚝배기가 하나뿐이었다. 자연스럽게 1인분은 뚝배기에, 1인분은 일반 국그릇에 담았다. 뚝배기엔 알맞게 튀겨진 돈까스를 담고, 국그릇엔 겉면이 살짝 타버린 돈까스만 골라 담았다. 그리고는 아주 자연스럽게 뚝배기는 남편 앞에, 국그릇은 내 앞에 놓았다. 그날 뿐 아니었다. 쉴랑 말랑하는 밥, 이가 빠진 그릇은 자연스럽게 내 차지였다. 누가 시킨 것도 아닌데, 그렇다고 돈을 아낄 수 있는 것도 아닌데 나는 그렇게 했다. 아끼고 아끼다가 나를 귀하게 대하는 일에까지 인색해진 것이다. 한 드라마에서 나온 대사처럼 '내 인생에선 내가 상전'인데도 나는 자진해서 상전 자리를 가족에게 내어줬다.

자연스레 엄마가 떠올랐다. 실하고 멀쩡한 건 남편과 자식 앞에 밀어두고, 생선 대가리, 닭 모가지, 살짝 맛이 간 반찬은 당신 쪽으로 당겨오던 엄마. 엄마의 희생은 지극히 자연스러운 본성이라고만 이해했는데, 그게 다는 아닐 수도 있겠다는 생각이 머리를 스쳤다. 돈을 벌지 않는다는 사실이 주는 습관적 죄책감이 '희생'에 지분을 차지하고 있을지도 모른다. 남편에게 뚝배기와 돈까스를 몰아주던 내 행동이 순도 100퍼센트 사랑이 아니었듯 말이다. 어쩌면 희생은 본성이 아니라 학습이다.

살아오는 내내 '희생' 같은 걸 할 기회가 별로 없었다. 오히려 자식이라고, 여자라고 받기만 했다. 학교 다닐 땐 공부한다고, 일할 땐 고생 한다고 뭐든 좋은 건 내 차지였다. 아빠도 한 번 못 입어본 값비싼 코트부터 엄마 국그릇에 있던 고기까지 여러 크고 작은 것을 양보 받았다. 남자를 만날 때도 마찬가지였다. 데이트할 땐 늘 더 안전한 길가 안쪽 자리에 섰고, 아무리 덥거나 추워도 밤이 늦었다면 남친이 데려다 주는 게 당연한 거라고 생각했다.

그렇게 기대받고, 대우받던 나름 '알파걸'이던 나는 전업주부가 되고나서야 처음 희생이란 걸 하게 됐다. 먹고 싶은 돈까스를 남편에게 양보하고, 맘에 드는 원피스를 사는 대신 함께 먹을 식재료를 샀다. 하나 뿐인 선풍기를 남편의 서재에 가져다 뒀다. 그러면서 얼마간 내가 희생을 오해했었다는 사실을 알게 됐다.

희생은 숭고하고, 아름다운 것이라고만 생각했다. 희생의 동력은 사랑뿐이라고 단정했다. 그러나 내가 학습한 희생은 꼭 그렇지만은 않았다. 희생은 서글펐고, 사랑만큼이나 미안함도 희생의 적지 않은 이유가 됐다.

희생은 스스로 욕망을 내려놓는 것이다. 엄마도 여잔데, 에어로빅 동기들에게 색다른 속옷, 좀 더 멀쩡한 속옷을 보여주고 싶은 마음이 왜 없을까. 엄마도 사람인데 먹을 것도 없으면서 발라먹기 번잡스럽기만 한 닭 모가지 대신 살코기 두툼한 닭다리를 집고 싶지 않았을까. 살다보면 남편이 남보다 멀고 자식이 원수보다 미울 때도 많다는데 그 숱한 세월 동안 오직 사랑만으로 그 욕망을 누르고 눌렀을까. 전업주부가 되고나서 희생의 다른 면이 보이기 시작했다.

그리고 며칠 전 빨래를 개면서 나 역시 퇴사하고 한 번도 새 속옷을 사지 않았다는 사실을 깨달았다. 전업주부가 됐다는 사실이 그 어느 때보다 실감이 났다.

꿈을 파는 여자

촉이 싸했지만 별 수 없었다. 다른 칸 앞에는 서너 명씩 줄을 서고 있었고 내 인내심은 빠르게 바닥나고 있었다. 결국 누구도 시선을 주지 않던 그 칸에 헐레벌떡 뛰어 들어가 숨을 참고 변기 뚜껑을 열었다. 혹시나 했지만 역시나였다. 변기는 '쿠오오옥' 하는 소리를 내며 채 삼키지 못한 앞 사람의 흔적을 내게 토해내고 있었다.

그런데도 미소가 번졌다. 이유가 있었다. 그것은 꿈이었다. 꿈의 세계에선 혐오스러운 것들이 환영받는다. 그러니까 똥, 피, 시체 같은 것들. 단순히 보는 데서 그치지 않고 몸에 묻기까지 하면 그건 의심할 여지없는 길몽 중에 길몽이다. 황금빛 똥물이 새하얀 블라우스를 흠뻑 적시는 꿈을 꾸고 나는 한 언론사 최종 합격 통보를 받았다.

'도대체 무슨 좋은 일이 생길까' 기대감에 절로 눈이 떠졌다. 오전 10시 20분이었다. 지난밤 나의 체온으로 덥힌 포근한 이불 속에서 가까운 시일 내에 일어날 다양한 행운의 시나리오를 그려봤다. 그러나 '이거다' 싶은 건 좀처럼 떠오르지 않았다. 그 흔한 마트의 경품 행사 한 번 응모한 적 없기에 자동차는커녕 섬유 유연제조차 탈 가능성은 제로에 가까웠다. 사지도 않은 로또가 당첨될 리도 만무했다.

질문을 바꿔봤다. '이 꿈을 지불하고 무얼 좀 벌어볼까' 이 역시 마땅한 게 없긴 매한가지였다. 식사를 준비하고, 옷가지를 빨고, 어질러진 집안을 정돈하는 일. 그러면서 간간이 책을 읽고 친구를 만나고 요가를 수련하는 일. 이 같은 일과 중엔 길몽의 힘이 필요한 게 없었다. '꿈빨'에 기대서라도 꼭 이루고픈 도전적이지만 간절한 일이 내게 하나도 남아 있지 않았던 것이다.

일을 할 땐 꿔도 꿔도 부족한 게 꿈이었다. 야근이 잦던 나는 밤 11시 30분이 넘어서야 귀가했고 다음 날 아침 8시 30분이면 집을 나서야 했다. 순수하게 꿈꿀 시간은 많아야 7시간이었고, 그마저도 호의적이지 않을 게 뻔한 취재원과의 인터뷰 걱정 때문에 설치기 일쑤였다.

반대로 꿈이 필요한 일은 넘쳐났다. 마지막 팩트 한 조각을 채워 넣지 못했지만 '질러야' 했던 기사가 문제를 일으키지 않아야 했고, 잠입취재까지 불사한 끝에 완성한 기획기사가 사내 쟁쟁한 선배들을 제치고 기사상을 타야만 했다. 비판적인 기사를 썼지만 취재원에게 신뢰를 잃지 않아야 했고, 인사철마다 커리어에 도움이 되는 출입처를 운 좋게 배정받아야 했다. 꿈꿀 시간은 없는데 꿈을 써야 할 곳은 넘쳐났다.

전업주부가 되니 반대였다. 꿈꿀 시간은 널렸고 그런 만큼 길몽을 꿀 기회도 많아졌는데 정작 쓸 곳이 없었다. 그나마 떠오르는 건 '남편이 건강하게 해주세요' '남편이 일한 만큼 인정받게 해주세요' 같은, 주어가 온통 '남편'뿐인 문장들이었다. 그런 스스로가 낯선 건 둘째 문제였다. 그 기도들은 의미하고 있었다. 전업주부란 내 몫의 도전도 내 몫의 행운도 없는 삶일지 모른다는 사실을.

전업주부로 살아갈 남은 인생에 대한 근본적인 물음이 어느덧 내 마음에 떡하니 들어앉아 있었다. '무엇도 간절하지 않은 삶, 정말 괜찮을까' 마주치지 않으려 애써 피해왔던 바로 그 질문이 나를 응시하고 있었다.

내 부족한 능력을 행운이 메워주길 바라며 매일 가슴 졸이는 삶이 싫어 회사를 나왔다. 하지만 그렇다고 내게 일어날 행운도, 빌어 볼 소원도 없는 심드렁한 삶을 원한 것도 아니었다. '이렇게 살기 싫다'며 악을 쓰고 핸들을 꺾느라 정작 어디로 가야 할지는 고민하지 않았다. 질끈 감았던 눈을 떴을 때 나는 완전히 방향감각을 잃고 있었다.

그날 끝내 써먹지 못한 길몽은 아빠에게 팔렸다. 가족 카톡창에 '기가 막힌 꿈을 꿨다'고 운을 뗐더니 5분도 채 안 돼 아빠에게 전화가 왔다. "계좌로 5만 원 보낼 테니 그 꿈 아빠한테 팔아." 내용을 발설하면 꿈빨이 사라진다는 미신을 철석 같이 믿어 온 아빠는 어떤 꿈인지 묻지도 따지지도 않고 돈을 보내왔다. 그 무렵 아빠는 어느 때보다 길몽이 필요했다. 부침 없이 자식 셋 키우느라 예순이 다 될 때까지 미뤄왔던 사업을 막 시작한 참이었고, 애타게 수주 소식을 기다리고 있었다.

꿈 덕분인지 아빠는 그달에만 세 개의 프로젝트를 연이어 수주했다. 당연히 내게는 아무 일도 일어나지 않았다. 이번에야말로 무언가 잘못되고 있다는 싸한 기운이 온몸에 전해져 왔다.

플랜B의 함정

"나쁜 엄마가 될 바엔, 그냥 엄마를 안 할래." 광화문의 한 카페에서 의도치 않게 남의 대화를 엿듣게 됐다. 폭염 탓에 카페로 피신온 이들이 많아 장내는 무척 소란스러웠는데, 그 소음을 뚫고 이 말이 내 귀에 쏙 빨려 들어왔다. 결혼 3년 차에 접어든 내게 이런 대화는 늘 흥미롭다. 책에 파묻고 있던 고개를 들어 두리번거리며 이 말의 주인을 찾았다. 내심 내 또래일 거라고 예상했는데 반전이었다. 아무리 많이 쳐도 20대 중반도 안 돼 보이는 여자 셋이 일과 육아에 대해 열띤 토론을 벌이고 있었다. 여자의 화장법이나 옷차림은 나이를 가늠케 하는 단서가 되곤 하는데, 그녀들은 딱 스물 하나 혹은 둘 정도로 보였다. 취업, 결혼은커녕 대학에 들어간 지 얼마 되지도 않아 보이는 싱그러운 아가씨가 벌써부터 저렇게 진지하게 육아를 걱정하다니. 대견하면서도 씁쓸했다.

그런데 웬걸. 스무 살의 육아 걱정은 갖다 댈 것도 아니었다. 페이스북 최고운영자 셰릴 샌드버그는 저서 《린인》에서 벌써부터 육아 걱정을 하는 다섯 살 딸 때문에 속상해하는 여성 저널리스트 페기 오렌슈타인의 사연을 소개한다. 하루는 페기의 딸이 방과 후 프로그램을 마치고 수심에 가득 찬 얼굴로 집에 돌아왔다. "엄마, 내가 좋아하는 남자아이도 나처럼 우주비행사가 되고 싶대요." "도대체 그게 뭐가 문제니?" 페기가 묻자 꼬마 숙녀는 답한다. "우리 둘 다 우주에 나가면 아이들은 누가 돌봐요?"

나이를 불문하고 여자는 '육아'를 의식한다. 이 말은 일과 육아 사이를 진자 운동하듯 오가는 여성의 방황이 아주 어린 나이부터 시작된다는 의미도 있다. 그렇게 '엄마'(정확히는 전업주부 엄마)는 일찌감치 여자의 인생에 플랜B로 자리 잡는다.

플랜B는 그 존재만으로도 위력을 발휘한다. 선택지가 있으면 끊임없이 비교하기 마련이다. 비교는 결혼 후 본격적으로 시작된다. 일과 가정을 양쪽 접시에 올려두고 무엇이 내게 더 많은 베네핏을 가져다 줄지, 둘 중 어디에 내가 더 필요한지Role 저울질하게 되는 것이다.

경험상, 이 저울은 특히 기력이 소진됐을 때 더 격렬하게 요동쳤다. 야근을 하고 난 다음 날 공복에 커피 우유 한 잔을 밀어 넣고 꾸역꾸역 지하철에 몸을 실을 때, 써야 할 기사는 쌓여 있는데 쓸 만한 문장이 단 하나도 떠오르지 않을 때. 그럴 때마다 나는 머릿속에 대차대조표를 그렸다. 왼쪽엔 회사가 주거나 줄 가능성이 있는 이득을, 오른쪽엔 가정이 줄 수 있는 이득을 적어 내려갔다.

좌변에는 다달이 들어오는 월급과 사회적 영향력이 적혔다. 그러나 대부분 직장인이 그렇듯이 내게도 월급은 늘 서운했다. 적다고 볼 순 없었지만, 긴 노동시간을 감안하면 너무 짜다 싶었다. 사회적 영향력도 피부에 와 닿지는 않았다. 물론 의미 있는 기사를 쓸 때도 있었지만 지면을 메우기 위한 기사를 쓸 때도 많았다. 대부분의 기사에는 악플이 무슨 제철 맞은 포도송이처럼 주렁주렁 달렸다. 존경은커녕 '쓰레기'로 치부되는 직업에서 사회적 영향력이 있은 들 무슨 의미가 있겠나 싶었다. 좌변에 적힌 것들은 늘 흡족하지 못했고, 그래서 회의懷疑의 대상이 됐다.

반대로 우변에는 건강, 여유, 평온, 행복 같은 의심이 필요 없는 단어들이 적혔다. 건강, 평온함 같은 건 그 어떤 가치를 옆에 가져다 대도 웬만해선 지지 않는 단어다. 특히 4년 차에 접어들면서 몸이 동시다발적으로 고장 난 내게 '건강'이란 단어는 거의 천하무적에 가까웠다. 누군가 내게 '가장 행복했던 순간'을 물으면 늘 '가족과 함께하는 치맥'이라고 답할 만큼 가족과의 시간을 소중하게 여기는 내게 가정은 곧 행복의 다른 이름이었다. 우변에 적힌 것들은 완전무결했고, 동경의 대상이었다.

역할 면에서도 가정 쪽으로 기울긴 마찬가지였다. 수백 명이 일하는 조직에서 나는 언제든지 다른 사람으로 대체될 수 있었다. 대단한 필력도, 노하우도 없는 내 존재감은 미미했다. 반면 가정에서 내 역할은 컸다. 아내와 엄마의 역할을 해낼 사람은 오직 나뿐이었고, 다른 누군가로 대체될 수 없었다. 출렁출렁하던 저울이 가정 쪽으로 완전히 기울었다.

플랜B의 존재는 때로 안도감을 주었다. 선택지가 있다는 건 도피할 곳이 있다는 뜻도 된다. 길이 하나뿐이라면 죽이 되든 밥이 되든 그 길을 걸어야 하지만, 다른 길이 있다면 굳이 그러지 않아도 된다. 플랜B가 실감나기 시작한 결혼 후부터 퇴사에 대한 역치가 크게 낮아졌다. 더 작은 일에, 더 자주 퇴사를 떠올렸다. 결혼 전엔 '회사를 옮겨 볼까' 고민했다면, 결혼 후엔 '집으로 갈까'를 고민했다.

회사를 그만둘 땐 플랜B가 있다는 게 다행처럼 느껴졌다. 일 외엔 선택지가 없(다고 생각하)는 남자들이 안쓰럽게 느껴지기도 했다. 겉으론 양성평등을 그렇게 외쳐 놓곤, 속으론 '여자라서, 결혼해서 다행'이라고 안심했다. 참 일관성 없지만 솔직히 그랬다.

그러나 이제는 플랜B가 마냥 고맙지는 않다. 아니, 때로는 함정이었다는 생각이 들기도 한다. 푹신한 방석이 깊고 넓게 파인 구덩이의 입구를 교묘하게 가리고 있는, 보기엔 한없이 안락해 보이지만 한 번 엉덩이를 대면 좀처럼 빠져나오기 힘든 그런 함정 말이다. 플랜B가 없었다면 플랜A를 그렇게 쉽게 포기하지는 않았을 것이다. 플랜A를 절박하게 잡고 놓아주지 않았다면 어쩌면 먼 훗날 왼쪽 칸에 쓸 단어가 더 많아졌을지도 모른다.

"거금을 물려 줄 부모나, 위자료를 챙겨 줄 남편이 없었기에 해야 했던 노동이 나로 하여금 끝없이 자판을 두드리게 했고, 그리하여 언어를 더욱 친숙하게 견디게 해주었다"《딸에게 주는 레시피》를 쓴 소설가 공지영처럼, 꽉 막힌 상황에서 오히려 한 뼘 나아갔을지도 모를 일이다.

얼마 전 한 출판사 관계자와 '전업주부'에 관한 이야기를 나누면서 마음에 오래 남는 질문을 받았다. "많은 사람들이 '경력단절'을 이야기하지만, 저는 사회 시스템이라는 타의가 아니라 여성이 자의로 벌이는 일들이 궁금해요."

결혼부터 퇴사까지 내가 걸었던 길을 곰곰이 복기해 봤다. 자의와 타의를 무 자르듯 명확하게 가를 순 없다. 우리 사회는 명백히 타의에 의한 경력단절이 많을 것이다. 그러나 '자의'의 영역도 분명 존재한다. 어느 순간 자연스럽게 플랜B를 의식하고, 거기에 기대기도 하고 영영 빠지기도 하면서 전업주부가 되는 여자들도 적지 않다.

그날 광화문에서 만난 스무 살 언저리의 아가씨들은 이 사회가 얼마나 여성에게 과도한 것을 요구하는지 실컷 성토하다 자리를 떴다. 입이 근질근질 거렸다. 만약 내게도 발언권이 주어졌다면, 플랜B라는 자기 안의 함정도 적잖이 위험하다고 조언했을 것 같다.

플레이어가 아닌 치어리더의 삶

‘계란은 한 바구니에 담는 게 아니’라지만, 나는 남편과 한 바구니에 담기는 게 좋았다. 한 바구니에서 부대껴 본 사람만이 더 깊은 대화, 더 정확한 이해를 할 수 있다고 믿었기 때문이다. 남편이 나와 같은 일을 하고 있다는 사실은 우리 관계를 매끄럽게 만들지언정, 껄끄럽게 하지는 않았다.

결혼 후, 이런 생각은 더 공고해졌다. 직장생활이 주는 스트레스의 삼 할은 내 의도를 상대에게 오해 없이 전하기 위한 끝도 없는 고민에서 발생한다. 집에서만은 그러기 싫었다. 오늘 하루 내게 어떤 일이 있었는지, 그 사건이 나의 감정을 어떻게 만들었는지 길게 브리핑하지 않아도 찰떡같이 이해해 줬음 했다. 같은 직업, 심지어 비슷한 기업문화를 가진 회사에서 일하는 남편은 이런 욕구를 정확히 해소해줬다. 연애 때처럼 굳이 분위기 좋은 레스토랑을 찾지 않아도 고추장찌개에 맥주 한 캔이면 대화는 언제나 비엔나 소시지처럼 줄줄이 잘도 이어졌다.

남편은 ‘굿 리스너’이기도 했지만 ‘굿 어드바이저’이기도 했다. 남편은 내 푸념을 잘 들어주다가도 필요할 땐 ‘업계 선배’의 목소리로 내게 조언을 건넸다. 상사에 대한 원망에 함몰돼 있으면 상사의 입장을 넌지시 대변해 주었고, '욕심만큼 성실하지 않은 게 문제'라며 아프게 동기부여도 해줬다. 그런 남편과 대화할 때면 두 가지 생각이 들었다. 하나는 '결혼하길 잘했다'는 것이고, 하나는 '나도 그에게 좋은 대화 상대가 돼야겠다'는 거였다. 아내의 귀로 듣고 업계 동료의 목소리로 조언을 건네는, 어떨 땐 함께 그라운드를 누비는 동료 같다가도 때론 전략이나 방향을 일러주기도 하는 코치 같은, 그런 배우자가 되고 싶었다.

전업주부가 되기 전까지 나는 남편에게 자극이 되는 동료이자, 가끔은 쓸모 있는 코치였다. 남편과 내 회사는 굳이 관계를 부여하자면 '경쟁사'였다. 아침에 출근하면 서로 상대방 회사의 조간신문부터 챙기는 그런 사이었다. 내가 쓴 기획기사 혹은 단독기사는 그에게 자주 포착됐다. 와이프가 이룬 성취를 보면 남편도 긍정적인 자극을 받기 마련이다. 자존심이 센 사람이라 내게 대놓고 '너라면 어떻게 취재하겠어?'라고 물은 적은 없었지만, 정말 벽에 부딪혔을 땐 내게 취재원 연락처를 묻거나, 내가 건넨 조언을 참고해 취재를 하기도 했다.

그러나 전업주부가 되고부터 내게 동료나 코치의 자격이 있는지 의문이 들기 시작했다. 따져보면 나는 그와 함께 그라운드를 누비다 홀로 탈진해 벤치(혹은 아예 경기장 밖으)로 간 동료였다. 그런 구舊

동료에게 코치는커녕 동료로서의 권위가 유지될지 의문이었다. 천성이 남에게 뭐라도 가르쳐 주길 좋아하는 나는 남편이 쓴 기사를 보면서, 또 TV뉴스를 보면서 남편에게 이런저런 품평을 하거나 조언을 건네곤 했다. 그러나 어느 순간, 경기장을 빠져나온 내 말에 어떤 힘이 있을지 의심하게 됐다.

코치의 자리에서 물러나는 일은 쉽지 않았다. 해주고 싶은 말이 너무 많았다. 그즈음 남편은 꽤 심각한 번아웃 증후군을 앓았다. 나의 퇴사와 동시에 회사에서 가장 핵심이자, 가장 노동 강도가 높은 부서로 배치를 받았기 때문이다. (막 외벌이가 된 남자는 회사 입장에서 가장 '굴리기' 편한 직원이다) 휴식 없이 열흘 가까이 근무하다 하루 쉬고 회사에 나가는 살인적인 노동이 이어졌다. 웬만에선 힘들다는 말을 입에 올리지 않는 남편이 머리를 감싸 쥔 모습을 여러 차례 목격했다. 결혼 후 이틀을 멀다 하고 매달리던 가정용 철봉(홈트레이닝 기구)은 벌써 반 년 가까이 수건걸이로만 쓰고 있었다. 그런 남편에게서 퇴사 직전 내 모습이 겹쳐 보였다.

에너지가 바닥나 아무런 욕구가 없는 상태, 딱 번아웃 증후군이었다. 번아웃 증후군인줄 모르고 꾸역꾸역 회사를 다니다 결국 모든 가능성이 닫혔다고 단정하고선 집으로 돌아온 내 전철을 남편이 밟지 않기를 바랐다. 부부 모두 소득이 없는 상태가 되는 것도 두려웠지만 그것 못지않게 퇴사 과정에서 남편이 받을 상처도 걱정됐다. 그러나 쉽지 않았다. "운동은 에너지를 쓰는 게 아니라, 만드는 거다"며 다시 철봉을 잡으라고 독려했지만 그저 잔소리로 치부되는 듯했다. 결국 나는 책의 도움을 받기로 했다. 동네 도서관에서 번아웃 증후군 관련 책을 빌려 남편의 책상 위에 올려 두었다. 책에서라도 해답을 찾기를 바라면서. 그러나 남편은 그마저도 읽지 않았다. (못했다고 표현하는 게 더 적절할지 모르겠다.)

그렇게 남편이 손도 대지 않은 책을 반납하러 가면서, 동네 작은 성당을 지나쳤다. 외할머니가 돌아가셨을 때 우발적으로 들어갔던 성당이었다. 평소 친분도 쌓지 않았던 하느님께 염치없이 간청할 정도로 나는 생전 처음 겪는 사랑하는 이의 죽음 앞에서 대책 없이 무력했다. 이미 세상을 떠나버린 할머니를 위해 내가 할 수 있는 일이라곤 그저 하늘에서 평온하기를 온 마음을 다해 기도하는 것뿐이었다.

그날도 그랬다. 만난 이래 가장 지쳐 보이는 남편에게 해줄 수 있는 건 두 손을 모은 채 눈을 감고 기도하는 일뿐이었다. 명함이 사라진 나는 더 이상 누군가를 소개해줄 수도, 취재에 실마리를 틔워줄 아이디어를 제공해줄 수도 없었다. 마음 같아서는 남편 대신 단 한 경기라도 뛰고 싶었지만, 그럴 수는 없는 일이었다. 내겐 선수의 자격도, 코치의 권위도 없었다. 유일하게 할 수 있는 건 그가 힘을 내도록 최선을 다해 응원하는 것뿐이었다. 다소 오버스런 칭찬으로 그를 기운 나게 해주는 일. 딱 치어리더였다. 그러나 아무리 유능해도 치어리더가 경기 결과에 영향을 미칠 수 없듯, 남편의 실패도 성취도 역시 오롯이 그의 몫이었다.

코치의 자리에서 물러나 응원석으로 간 나는 자연히 남편과 멀어졌다. 공유하는 경험이 줄고, 건넬 수 있는 말도 줄었다. 무력감은 한층 짙어졌다. 그라운드를 등지고 서서 말 없이 응원하는 치어리더가 외로워 보이는 날이 많아졌다.

복잡한 문제, 효도는 셀프

엄마가 친구들과 해외여행을 간단다. 33년 만에 처음이다. 스마트폰 너머로 들려오는 엄마의 목소리가 수련회를 앞둔 초등학생처럼 들떠 있었다. 세끼 식사를 차리지 않아도 된다는 사실 하나 만으로도 전업주부에게 여행은 어마어마한 기쁨이다.

"엄마 뭐 입을까? 뭐가 날씬해 보이니?" 최대한 성실히 답하고자 엄마의 옷을 떠올려 봤지만 '이거다' 싶은 게 없었다. '예쁜 옷 입고 인생 사진 남기는 게' 여행의 묘미라고 믿어온 나는 '새 옷'이라는 조미료로 엄마의 첫 우정 여행에 감칠맛을 더해 주기로 했다.

일부러 먼 아웃렛까지 찾아갔지만 옷값은 내 예산을 훌쩍 뛰어넘었다. 좀 괜찮다 싶은 옷은 우리 집 한 달 식비에 맞먹었고, 좀 별로다 싶은 옷조차 이마트에서 거하게 장을 봤을 때 나오는 가격이었다. 결국 아웃렛을 탑돌이 하듯 돌고 돌아 십만 원이 좀 안 되는 여름용 사파리를 하나 골랐다. 결제를 하려고 카드를 내미는데 불현듯 남편의 얼굴이 떠올랐다. 남편이 매달 보내는 생활비에서 쓰는 건데, 말을 하는 게 예의가 아닐까 싶었다. 남편은 예상대로 '더 비싼 걸 사드려도 된다'는 답을 보내왔다. 안도했고, 고마웠다.

엄마의 옷을 사들고 친정으로 가면서 결제 전후 내게 일었던 감정을 들여다보게 됐다. 짧은 순간이지만, 나는 분명 죄책감을 느꼈다. 남편이 번 돈인데, 기념일도 아니고 적은 돈도 아닌데, 우리 집 생활비로 친정 엄마 선물을 사도 되나 싶었다. '이럴 줄 알았으면 평소에 시어머니 옷을 좀 사드릴걸' 하는 얕은꾀도 났다. 일종의 '기계적 평등'을 만들고 싶었던 것 같다.

남편의 공식 '허가'가 떨어지자 좀 전의 께름칙한 감정은 순식간에 사라졌다. 하지만 머릿속에 떡 하니 자리 잡은 질문은 떠나지 않았다. '전업주부의 효도는 남편의 선의善意에 기대고 있는 게 아닐까' 하는 의문이었다.

효도는 두 가지가 필요하다. 시간과 돈. 직장생활을 할 땐 시간이 턱 없이 부족했다. 평일엔 늘 쫓기는 마음이 들어 안부 전화할 틈조차 찾기 어려웠고, 휴일엔 주중에 밀렸던 잠과 집안일을 처리하느라 바빴다. 시간이 놓치는 부분을 돈이 메워줬다. 엄마의 버킷리스트 '모녀 여행'을 실현시켜 주겠다고 여행 D-5일에 급하게 항공권을 예약하느라 팔십만 원이면 되는 항공권을 백삼십만 원이나 주고 사기도 했다. (심지어 경유 포함 26시간을 날아가 겨우 4박 하는 일정이었다.)

전업주부가 되면 원 없이 효도할 수 있겠거니 했다. 그러나 이번엔 돈이 문제였다. 시간은 있는데 정작 그 시간에 추억을 채워줄 돈이 부족했다. 그만두기 전엔 전업주부 동지인 엄마와 근사한 데서 식사도 하고, 백화점 쇼핑도 다니고, 동남아 여행도 다녀오려 했다. 하지만 막상 내 월급이 아닌 '남편의 월급'으로 이런 비용을 쓰려니 마음이 복잡했다. 그에게 미안했고 때론 부채감까지 느꼈다. 내가 빚졌다는 건 뒤집어 말하면 그가 내게 무언가를 '베풀었다'는 의미도 된다. 나의 효도가 남편의 '선의'(혹은 호의)에 기대고 있을지 모른다는 생각이 들었다. 여성 커뮤니티에 심심찮게 올라오는 '친정에 돈 못 쓰게 하는 남편' 류의 글은 막연한 불안감을 부채질했다.

물론 아직까지 남편은 한 번도 언짢은 기색을 내비치지 않았다. 우리 집 재정은 크게 어렵지 않고, 남편은 나와 좋은 관계를 유지하고 싶어 한다. 장인 장모에게 별 반감도 없다. 그러나 이 조건 중에 하나가 틀어져도 결과는 그대로일까. 당장 둘이 먹고 살기도 빠듯할 만큼 살림이 어려워진다면? 나에 대한 애정이 식는다면? 장인 장모와 회복하기 힘들 만큼 감정이 상한다면? 그래도 지금처럼 '나의 효도'를 선뜻 지원해줄까. 남편의 인품에 반해 결혼했지만, 단번에 '그렇다'는 대답이 나오진 않았다. 조건절이 변하면 종속절도 달라지기 마련이다. 특히나 선의, 호의 같은 단어는 의무, 권리 같은 단어에 비하면 가변적이다. 미래의 어느 날 내가 누군가의 눈치를 보며 효도하게 될지도 모른다. 회사를 그만둘 땐 전혀 생각조차 못했던 종류의 새로운 불안이 성큼 다가왔다.

전업주부에게 배우자의 수익을 공유할 권리가 있다는 사실을 모르지는 않는다. 배우자가 경제활동에 집중할 수 있도록 집안일을 전담해준 공供이 있기 때문이다. 친정 부모에게 줄 생활비, 의료비 정도는 떳떳하게 요구해도 된다. 그러나 자식으로서 해야 할 최소한의 의무를 넘어 '호강'의 영역까지 남편에게 당당하게 요구해도 될까. '효도'가 인생 5대 과제인 나는 한 달에 한 번 정도는 '분위기'를 먹는 근사한 식당에서 식사도 대접하고, 1년에 한두 번은 1박 2일이라도 부모님과 함께 여행을 가고 싶다. 결혼 전처럼, 정확히는 회사를 그만두기 전처럼 말이다.

바로 이 점 때문에 자칫 나의 효도는 남편에게 불만의 씨앗이 될 수 있다. 홀로 가족을 부양하는 남편의 눈엔 어떤 효도는 낭비나 무임승차처럼 비칠 수 있어서다. 게다가 나조차도 '호강'의 영역까지 남편에게 떳떳하게 요구할 권리가 있는지 아직 판단이 서지 않는다. 아니, 오히려 마음은 '없다' 쪽으로 기울고 있다. 전업주부가 되자마자 친정에 다달이 보내던 용돈을 줄일까 고민했다. 시댁에 드리던 용돈을 삭감할 생각은 단 한 순간도 해 보지 않고선 말이다. 머리로는 권리가 있다고 수긍해도, 마음은 어쩔 수 없이 부채감을 느꼈다. 어쩌면 앞으로 효도할 때마다 남편에게 미안한 감정을 느끼게 될지도 모른다. 효도를 인생 과제 중 하나로 삼고 있는 내게 이건 결코 사소한 문제가 아니었다.

요즘 유행인 '효도는 셀프'를 주장하기도 면이 서지 않았다. 애정 표현에 서툴지만 부모를 깊이 사랑하는 남편은 때로 내가 자신의 효도를 대신 '서빙'해주길 기대했다. 대게는 상식선이었지만 가끔은 부담스러울 때도 있었다. 하지만 이에 대해 명쾌하게 선을 긋지 못했다. 나부터가 '효도는 셀프'를 실천하고 있지 않았기 때문이다. 다달이 나가는 친정 부모님 용돈, 한 달에 한두 번 지출되는 외식비는 모두 남편의 월급으로 충당했다. 내가 남편으로부터 금전적 도움을 받아 효도했듯, 남편도 나의 시간적 도움을 받는 걸 문제 삼을 수 있을까. 그러나 이번에도 머리와 마음은 합을 맞추지 못했다. 머리로는 수긍해도 문득 '이렇게 가다간 내 서빙이 고마운 게 아니라 당연한 게 되는 게 아닐까' '처음엔 물만 떠다 달라고 하다가 나중엔 떠먹여 달라고까지 하는 게 아닐까' 하는 걱정에 사로잡혔다. (남편의 인품을 신뢰하지만 '호의가 계속되면 권리가 된다'는 말도 인간 본성을 꿰뚫고 있는 명언이라고 생각한다.)

전업주부 1년 차인 내게 이 문제는 신문사 논술 문제만큼이나 어렵게 느껴진다. 혼자서는 답이 안 나와 친구를 만나 이런 고민을 털어놓았다. 현명한 그녀에겐 명쾌한 답이 있을 것만 같았다. "내가 그래서 (회사를) 못 그만두잖아. 우리 부모님 두 분 다 은퇴하셔서 내가 매달 생활비를 드려야 하거든." 이런 애로사항이 있을 거라고는 상상도 못 했던 나와 달리, 그 친구는 효도의 문제까지 충분히 고려해 계속 일하기로 답을 내렸던 것이다. 닥치지 않으면 알기 힘든 지점까지 헤아리는 그녀의 혜안과, 군더더기 없는 '셀프 효도'가 무척이나 부러워졌다. 어쩌면 답은 이미 나와 있을지도 모른다. 내가 애써 외면하고 있었을 뿐. 그날 이후 내게 '효도는 셀프'라는 말이 더 이상 장난스럽게 들리지 않았다 .

취집의 함정

"윤아야, 나 좀 무섭다." 아무리 생각해도 예신(예비신부)의 입에서 나올 말은 아니었다. 때로 차갑다 싶을 만큼 차분했던 언니 A의 입에서 나올 법한 말은 더더욱 아니었다. 그녀를 만나야겠다 싶었다.

결혼을 몇 주 앞둔 그녀는 몰라보게 핼쑥해져 있었다. 그녀는 예의 그 나즈막한 목소리로 고민을 털어놨다. "남자친구가 결혼을 너무 빠르게 밀어 붙인다."

10년을 사귀고도 헤어지고, 100일을 사귀고도 백년해로 하는 게 결혼이다. 속도가 무슨 대수냐고 그녀를 다독였다. 그러면서도 마음 한편은 좀 께름칙했다. 예랑(예비신랑)이 '취집 와 달라'고 대놓고 말할 만큼 재력을 과시하는 게 아무리 봐도 좋은 징조 같지는 않았다. 재취업의 기로에 서 있던 그녀가 때마침 치고 들어 온 솔깃한 제안에 분별력을 상실하지 않았기만을 빌었다. 별빛조차 없는 깜깜한 어둠 속을 걷고 있을 때 어디선가 두툼하고 따뜻한 손이 나타나 덥석 내 손을 잡는다면 아무리 용감하고 현명한 사람이라도 의지하고 싶은 마음이 들기 마련이니까.

무소식은 희소식이 아니었다. 결혼 후 만난 그녀는 어째 결혼 전보다 더 핼쑥했다. A의 결혼생활은 듣기만 해도 질식할 것 같았다. 세탁기를 돌리는 횟수와 방법부터 외출 시간까지 A가 선택할 수 있는 영역은 없었다. 남편은 각종 영수증은 물론 계좌이체 내역까지 확인하려 들었다. 누구와도 함께 살 수 없는 남자였다. 그녀의 선택은 틀렸다.

또래 중 가장 똘똘했다. 늘 책을 읽고 있었고, 그래서인지 그녀와 만나면 늘 한 줌의 지혜를 얻어가곤 했다. 도대체 무엇이 그녀의 선택을 교란시켰던 것인지 의아했다.

힌트는 예상치 못한 곳에서 발견됐다. B와의 만남이었다. 남자의 재력을 따지면 한순간에 된장녀로 낙인찍히는 사회 분위기 속에서도 꿋꿋하게 "남자 돈 본다"고 밝혀왔던 친구였다. 내가 퇴사와 입사를 반복하며 사람 구실을 못하던 시절 결혼한 그녀와 수년 만에 재회했다. SNS로 훔쳐 본 결혼사진은 예상대로 호텔이 배경이었다. 당연히 재력가를 만나 결혼했겠거니 했는데 웬걸. 그녀의 입에선 신선한 이야기가 튀어나왔다.

"아직도 학자금 대출을 갚을 정도로 가난한 남자와 결혼하면서 돈 많은 남자와 편하게 살려는 마음은 완전히 접었어. 대신 한 가지 결심을 했지. 이렇게 된 이상 내가 잘 돼야겠다."

결혼 후 B는 기업의 핵심 부서(라고 쓰고 빡센 부서라고 읽는)에 자원했다. 여성 임원이 되겠다는 목표를 세우고선 사원 때부터 커리어를 관리했다. 야근을 밥 먹듯이 한다고 푸념하는 그녀에게서 피로의 흔적 대신 광채가 났다. 자기의 선택 대로 인생을 밀고 나가는 자만이 가진 당당함인 듯했다.

끌려가는 삶과 밀고 나가는 삶. 둘의 삶을 지켜보며 나는 이런 단어를 떠올렸다. 둘의 결혼이 이 같은 차이를 빚은 건 결혼관이나 가치관이 대단히 달라서가 아니었다. 오히려 '찰나의 방심' 때문이라는 표현이 더 정확했다.

남편에게 불도저식 청혼을 받을 당시 A는 꽤 오래 일을 쉰 상태였다. 대기업에 다니는 능력 있는 여성이었지만 길어진 공백은 그녀를 의기소침하게 만들었다. 살인적인 노동 강도에 심하게 데인 터라 재취업도 썩 내켜하지 않았다. 그래서 '나에게 기대 편히 살라'는 제안에 순간적으로 흔들렸던 게 아닌가 싶다. 하필 그 흔들림이 결혼을 앞둔 시기에 찾아왔던 게 불운이라면 불운이었다. 반대로 B는 결혼 적령기에 안정적으로 일을 하고 있었고, 스스로 밥벌이를 책임질 수 있다는 확신이 있었다. 덕분에 '돈' 말고 다른 것을 살펴볼 여유가 생겼다. 돈이 있어야 돈 말고 다른 걸 볼 수 있었다. 돈 말고 다른 걸 볼 수 있는 배짱은 두둑한 통장 잔고에서 나왔다. 그게 자본주의의 법칙이었다.

최소한의 경제적 자립 없이 내린 모든 결정은 크든 작든 불완전성을 품고 있다. 이 명제 앞에선 나와 A 같은 일반인이나 위대한 작가나 예외가 될 수 없긴 마찬가지다. 책《사랑하고 쓰고 파괴하다》에는 작가 제인 오스틴이 성급하게 '취집'을 결정했다가 바로 잡는 과정이 묘사돼 있다. 소설은 아직 발표하지 못했고, 밥벌이는 막막하고… 쫓기던 그녀는 저택을 소유한 남자의 청혼을 성급하게 수락했다가 바로잡는다. 그리고 깨닫는다. 생이라는 캄캄한 숲속을 헤쳐나갈 때 필요한 것은 두툼한 남자의 손이 아니라 '자립의 등불'이라고.

선택을 잘못한 건 분명했다. 이제 한순간의 방심으로 잘못한 선택을 바로잡을 일만 남았다. 인생 최악의 시기를 보내고 있던 그녀에게 작심하고 충고했다. 일을 해야 한다고. 그래야 이 모든 상황을 되돌릴 수 있다고. 무조건적인 지지와 위로를 기대하며 나를 만났을 게 분명했던 그녀는 눈물까지 글썽이며 서운함을 표하고 돌아갔다. 나 역시 오래 마음이 좋지 않았다.

다행히 이번엔 무소식이 희소식이었다. 제인 오스틴만큼이나 A는 현명했다. 그녀는 생각보다 쉽게 일자리를 찾았다. 그리고 얼마 안 돼 그 남자를 깨끗하게 정리했다. 누가 겪어도 멘탈이 쿠쿠다스처럼 산산조각 날 사건이 분명했지만, 그녀는 일기와 책으로 오래 훈련해 온 자존감이란 아교로 한 달도 안 돼 멘탈을 초코칩 상태로 돌려놨다. 그리고 말했다. "이제 혼자 벌어 먹으며 열심히 살아야지." 그 카톡을 받는데, 이렇게 대견한 사람이 내 곁에 있다는 게 새삼 든든했다. 그녀의 남은 30대가 몹시 궁금해졌다.

그녀에게 하지 못한 말이 있다. 나쁜 의미로 상식을 뛰어넘는 남편과 짧지 않은 시간 함께 지내며 수없이 후회하고, 절망했을 그녀가 퀭한 눈을 하고 나를 찾아 왔을 때 나는 필요 이상으로 더 냉정하게 굴었다. 부드러운 손길로 연고를 발라주길 기대하며 왔을 그녀에게 더없이 뾰족한 주삿바늘을 들이민 거나 다름없었다.

사실, 그건 나 자신에게 한 말이었다. 자립이라는 과제를 애써 별 것 아닌 것처럼 취급하던 나 자신에게 해야 할 말을 나는 조언을 한다며 그녀에게 했다. 사실 그 시점이 결혼 전이냐 후냐가 다를 뿐, 그녀나 나나 남편에게 밥벌이를 기대고 있다는 사실은 똑같았다. 나는 그저 운이 좋아 인품 좋은 남편을 만났을 뿐이다. 내 앞에 놓여 있는 셀 수도 없는 선택지 앞에서 끌려갈지, 밀고 나갈지를 결정해야 할 시간이었다.

의존과 사랑 사이, 희미해지는 경계

가슴이 답답하고 두피가 뜨끈해진다. 머릿속에는 온갖 불행한 상상이 꼬리에 꼬리를 물고 재생된다. 전업주부가 되고 병이 생겼다. 이른바 '이혼 · 사별 포비아(Phobia · 공포증)'다. 증상은 이렇다. 책을 읽다 여주인공 혹은 작가의 이혼이나 사별 같은 에피소드를 접하면 숨이 턱 막힌다. 주변 사람의 불륜, 이혼 같은 소식을 접했을 때도 몸은 같은 반응을 보인다. 원체 타인의 불행에 깊이 감정이입하는 편이긴 하지만, 이런 불행엔 유독 더 속수무책이다. 배신감이나 상실감에서 한동안 빠져나오지 못한다.

처음 이 증상을 느꼈던 날을 기억한다. 요가를 마치고 집에 와 커피 한 잔을 앞에 두고《여자에게 일이란 무엇인가》라는 책을 찬찬히 넘기기 시작했다. 회사를 다니다 전업주부가 된 내게 여성과 일에 관한 주제는 외면하기 어렵다.

책장을 넘길수록 호흡이 가빠졌다. 이 책은 일하지 않는 여자가 얼마나 쉽게 무너질 수 있는지를 다각도로 보여주는 사례 모음집이라고 해도 과언이 아니었다. 정성을 다해 뒷바라지 했던 남편의 일방적인 이혼 요구 혹은 조금도 예상 못한 죽음으로 잔잔했던 그녀의 삶은 바닥으로 수직하강한다. 압권은 테리 마틴 해커Terry Martin Hekker였다. 그녀는 전업주부의 대변인, 우리로 따지면 서정희 같은 인물이었다. 여자가 가족을 위해 집에 있어 주는 게 얼마나 중요한지 출간과 강연을 통해 떠들썩하게 주장하고 다녔던 그녀는 결혼 40주년이 되는 날 남편으로부터 이혼 통보를 받는다. 남편에게 다른 여자가 생긴 것이다. 위자료엔 한없이 짜게 굴던 남편이 새 여자와 고급 휴양지인 칸쿤으로 여행을 다니는 모습을 무력하게 바라보던 그녀는 자신의 경제수준이 우리로 따지면 기초생활수급자에 해당한다는 사실을 알고 다시 한번 경악한다.

더는 책장을 넘길 수 없었다. 머리가 터질 듯 복잡해 활자가 눈에 들어오지 않았다. 이혼이나 남편의 실직 혹은 죽음에 전업주부가 취약하다는 점을 모르지는 않았다. 하지만 막연했다. 마치 살아 있는 모든 인간이 죽음을 느끼는 것처럼 멀고, 나와는 상관없는 일처럼 여겼다. 주변을 둘러봐도 그런 최악의 사례는 없었다. 전업주부 엄마와 시어머니는 건강하고 자상한 남편에게 아직도 넘치게 사랑받고 있었고, 전업주부 친구 중 누구도 아직까지 그런 우울한 소식을 전해오지 않았다. 이혼, 사별에 대한 걱정은 망상에 불과하다고 스스로 다독였다. 최소한 이 책을 읽기 전까지는 그랬다.

그러나 책을 읽고 난 후에 나는 태연했던, 책 읽기 전의 나로 돌아갈 수 없었다. 저자가 수집한 방대한 사례들은 분명히 가리키고 있었다. 당신도 예외가 될 수 없다고. 사람은 누구나 한번은 변하거나 죽지 않느냐고. 그때부터 머리 한구석에서 잠자고 있던 내 불안이 활화산처럼 활동을 재개했다. 그리고 마그마처럼 끝도 모르고 흘러나오며 내게 묻고 있었다. 지금 네가 하는 게 사랑이냐고 의존이냐고.

불안은 통제할 수 없을 때 극대화된다. 이것이 30여 년 불안과 부대끼며 살아온 내가 내린 결론이다. 불안에 특히 취약한 나는 나름의 불안 탈출법을 갖고 있다. 불안의 크기를 줄이려면, 뭐라도 해야 한다. 시험을 망칠까 잠을 이루지 못하면 침대에서 빠져나와 책상 앞에 앉는다. 마지막으로 한 번 더 낮에 정리했던 노트를 읽거나 교과서를 들여다보면 어느새 불안은 전보다 잠잠해진다. 오보를 낼까 불안해 퇴근을 못하겠다면 취재원에게 한 번 더 확인 전화를 한다. 이런 식으로 내가 직접 최악의 상황이 발생할 가능성을 낮추는 것, 불안을 떨쳐내는 이만한 지름길도 없다.

그러나 의존하고 있을 때는 불안을 잠재울 통제력을 발휘하기 어렵다. 남편의 경제력에 100퍼센트 기대고 있는 아내가 남편의 실직 위험을 줄이기 위해 할 수 있는 일은 사실상 없다. 조수석에 앉은 사람이 사고를 피하기 위해 할 수 있는 일이 별로 없는 것과 같은 이치다. 그러니까 정상 범주를 넘어선 불안은 내가 통제력을 상실한 채 누군가에게 의존하고 있다는 증거가 된다. 회사를 다닐 때도 남편과 이별하는 상상을 해 보지 않은 건 아니었다. 하지만 당시 느꼈던 감정과 지금 느끼는 감정은 확실히 달랐다. 한마디로 막막함이 추가됐다. '앞으로 뭐해 먹고 사나' 같은 계산이 배신감, 상실감 같은 감정에 끼어들었다. 그건 사랑보다는 의존의 징표에 가까웠다.

사랑하는 사이에 의존을 그리 엄격히 금기시할 건 아니다. 평생 기대고 의지하기 위해 사람들은 함부로 깨기 힘든 결혼이란 제도의 힘을 빌리기도 하니까 말이다. 하지만 둘 사이 '의존의 균형'이 깨지는 건 좀 위험하게 느껴진다. 가장 원초적인 사랑으로 맺어진 부모 자식 관계마저도 한쪽이 심하게 의지하면 '부담'이라는 불순물이 끼기 마련이다. 매번 돈을 요구하는 엄마 때문에, 성인이 되어서도 부모에게 손 벌리는 아들 때문에 사랑은 증발하고 책임만 남는 경우를 여러 차례 목격해왔다. 어느 한 쪽의 의존이 과하면 사랑은 쉽게 책임감으로 변질된다.

부부 간의 사랑도 마찬가지가 아닐까. 아이가 없는 내 경우엔 남편이 내게 의존하는 것보다 내가 남편에 의존하는 것이 훨씬 크고 무겁다. 남편은 내게 '살림'을 의존하지만, 나는 남편에게 '경제활동' 전부를 의지하고 있다. 살림도 쉬운 일이 아니지만, 시간으로 보나 강도로 보나 직장생활보단 유동적이고 압박도 덜한 건 사실이다. (아이가 있다면 얘기는 달라질 수 있겠다.)

더 나아가 일방적 의존은 사랑이 없다는 증거일 수 있다. 사랑에 관한 한 가장 신뢰받는 사회학자 에리히 프롬은 '사랑은 상대를 위해 노동하는 것'이라고 했다. 그러나 의존은 무언가를 나서서 하는 적극적인 행위라기보다는 상대의 행동을 기다리는 수동적인 태도다. 때문에 의존한다는 건 사랑이 상대적으로 약하다는 뜻도 된다. 20대 초반에 잠깐 만났던 한 남자는 시험 때마다 매번 자신의 리포트를 대신 써달라고 요구했다. 그리고는 얼마 안 돼 나를 떠났다. 에리히 프롬은 말한다. 사랑의 핵심은 받는 게 아니라 주는 데 있기 때문에 기대고 싶은 마음을 이겨내고 자립을 이뤄낸 사람이야 말로 제대로 사랑을 할 수 있다고.

전업주부가 되고부터 남편의 직장동료가 유독 신경이 쓰였다. 남편의 스마트폰을 몰래 열어보기도 했고, 누구와 어떤 메뉴를 먹었는지까지 꼬치꼬치 캐물었다. 한 날은 남편이 여자 동료와 파스타, 그라탕 같은 데이트 메뉴를 먹었다는 얘기를 듣고 옴팡 토라지기도 했다. 순대국밥 먹는다고 정떨어지고, 파스타 먹는다고 매력이 샘솟지 않는다는 걸 머리로는 알면서도 머릿속에서 빠른 속도로 재생되는 끔찍한 상상을 멈출 수가 없었다. 상상 속 그녀의 섹시한 펜슬 스커트와 '핏'이라는 단어와 가장 멀리 떨어져 있는 내 분홍색 수면바지를 번갈아 떠올리다 보면 패배를 인정하지 않을 수 없었다. 일을 통해 성장하는 여자와 정체된 여자, 욕망하는 여자와 무기력한 여자의 대결 구도로 그녀와 나를 맘대로 대입해 놓고서 혼자 지고, 지고, 또 졌다. 그리고는 결론 내렸다. 남편이 나를 여전히 사랑하는 게 오히려 이상한 일일지도 모르겠다고. 그래서 집요하게 물었다. 나를 사랑하는지, 사랑한다면 왜인지.

갑자기 늘어난 의심과 집착은 단순히 여력이 생겨서가 아니라 과도한 의존의 증거일 수도 있다는 사실을 그제야 알게 됐다. 내 안에 경고등이 켜졌다. 나는 남편에게 과하게 의존하고 있다. 그 의존이 한순간에 사랑을 삼켜 버릴 수도 있다. 남편과 단절을 떠올리는 것만으로 신체가 반응할 정도라면 지금 당장 의존을 낮추어야 한다. 무엇이 의존을 낮춰줄지 탐색이 시작됐다.

일 안 하는 며느리, 죄인일까

처음 시부모님께 퇴사 얘기를 꺼냈던 날을 기억한다. 내 입으로 말하지 못했다. 남편이 대신 말해줬다. 그렇게 해달라고 내가 부탁했다.

"윤아, 아무래도 회사를 그만 다녀야 할 것 같아."

다 좋은데 딱 하나, 말주변이 없는 남편이 툭 하고 내뱉은 말에 일순간 정적이 흘렀다. 당황했다. 저렇게 통보하듯 말하면 어떡하나. '상의'하는 톤으로 말해 달라고 전날 그리 교육했거늘. 이미 쏟아진 말을 주워 담으려고 서둘러 내가 말을 보탰다.

"야근이 너무 잦고 스트레스도 심해서요…. 좀 쉬어볼까 해요."

"잘 생각했다."

잔뜩 긴장한 나와 달리 시부모님은 오히려 반색하셨다. 그러지 않아도 너무 힘들게 일하는 것 같아 늘 걱정이었다고. 그걸로 끝이었다. '퇴직금도 나올 테고 결혼하려고 모아뒀던 돈도 아직 좀 있다'는, 혹시 몰라 준비했던 추가 답변을 꺼낼 일은 없었다. 그날 나는 다짐했다. 앞으로 충성을 다하겠다고. 요즘 같은 세상에 일 안 하는 며느리 눈치 주지 않는 시부모가 어디 흔할까. 나는 무언가 '용서' 받은 기분이었다.

충성은 아니더라도 최선은 다했다. 퇴사 직후 시어머니가 좀 편찮으셨다. 시어머니 입원 날부터 항암치료 끝나는 날까지 거의 빼먹지 않고 어머님 곁을 지켰다. 크리스마스며 12월 31일이며 이름 붙은 날엔 웬만하면 시부모님과 함께 시간을 보냈다. 퇴원 기념으로 해외여행도 다녀왔다. 말이 잘 통하고 배울 점도 많은 두 분과 시간을 보내는 게 크게 싫지도 힘들지도 않았다. 그러나 아무리 좋아도 시부모님인데 마냥 편한 건 아니었다. 분명 나도 즐거웠는데, 집에 오면 안도의 맥주를 들이켰다. 그럼에도 나는 '나서서' 꾸준히 이벤트를 만들었다. 아들 얼굴이라도 자주 보여드려야 내가 일을 하지 않는 데 대한 '면죄부'가 생긴다는 생각이 본능적으로 들었다. 면죄부를 마련한다는 건 죄책감을 느낀다는 의미다. 그렇다. 회사를 그만두고 나는 거의 반사적으로 시댁에 죄책감과 부채의식을 느끼기 시작했다.

시간이 흐르면서 죄책감과 부채의식은 피해의식으로 모습을 바꾸었다. 이 비논리적인 감정의 전환을 나조차 납득하지 못했지만 그건 사실이었다. 누군가에게 빚졌다는 건 '약점'이고, 제대로 소화하지 못한 약점은 피해의식의 씨앗이 된다. 세상 모든 사람들이 내 약점을 빌미로 부당한 걸 요구할지 모른다고 지레 경계하는 것이다. 관계에서 죄책감이나 채무감은 때로 공격성이나 회피 성향으로 발현된다.

증상은 나타나고 있었다. 언제부터인가 시부모님이 하는 말이 턱턱 걸리기 시작했다.

"할머니한테 왜 전화 안 드리니?"

안부 전화로 잔소리 들었던 게 그날이 처음은 아니었다. 사랑 많고 관대하시지만 어쩔 수 없이 옛날 분인 시아버지는 며느리인 내가 어머님은 물론 시할머니께도 종종 안부 전화를 하길 원하셨다. 내 기준에 시할머니에 대한 안부 전화는 며느리의 의무를 넘어선다. 그럼에도 지금껏 이 문제로 시아버지께 불편한 기색을 내비친 적은 없었다. 그냥 "네" 하고 돌아서면 끝날 일로 모두를, 특히 남편을 난처하게 만들고 싶지 않았다. 그러나 그날 나는 결혼하고 처음 얼굴을 붉혔다. "아버님, (정작 손주인) 오빠도 전화 한 통 안 드려요." 날 선 말을 중화시키려 최선을 다해 웃었으나 모두가 보았을 것이다. 억지로 웃느라 덜덜 떨리는 내 안면근육을.

한 번 싹을 틔운 피해의식은 '관대함'을 잠식해 나갔다. 할머니 할아버지의 사랑을 듬뿍 받고 자란 나는, 노인 특유의 실언에 가까운 직설 화법에 좀 너그러운 편이다. 그게 내 몇 안 되는 장점이다. 하지만 더 이상은 아니었다. "같은 쌍둥이인데, 언니는 임신했는데 왜 너는 못하냐"는 시외할머니의 말을 "그러니까 더 오빠한테 문제가 있는 거죠"라고 대차게 받아쳤다. 분명 불쾌한 말이었지만, 당신 손주에게 결함이 있다고까지 말해 모두에게 상처를 줄 필요는 없었는데.

이러다가 큰일 날 거 같아 시댁과 거리를 두기 시작했다. 그리고 따져봤다. 내가 왜 이렇게 시댁만 가면 크게 상처를 받는지. 예전엔 대수롭지 않게 넘겼던 말에 왜 하나하나 열을 내는지.

내 피해의식의 앞면인 죄책감부터 따져봤다. 이 죄책감의 실체는 있나. 그렇다면 무엇을 죄졌단 말인가. 내가 일하지 않음으로써 시댁에 발생한 피해라고 할 만한 건 사실 없었다. 다달이 드리는 용돈도, 생신 · 명절마다 드리는 돈도 예전 액수 그대로 유지했다. 오히려 그만두고 더 자주 찾아뵙고 더 많은 시간을 함께 했으니 굳이 득실을 따지면 득이 많았다. 미안하고, 고마워해야 할 대상이 있다면 남편뿐인데, 그건 남편에게 갚아야 할 감정이었다.

그렇다고 시댁에서 나를 죄인 취급한 것도 아니었다. 오히려 어머님은 "내가 아플 때 딱 맞춰 네가 회사를 그만둔 거 보면 우린 진짜 인연"이라고까지 하셨다. (정말이지 우리 시어머니는 말을 너무 예쁘게 하신다.) 양성평등에 엄격한 내 귀에는 "엥?"하는 말씀을 아주 가끔 하셨지만 그건 어쩔 수 없는 세대 차이였고, 일하던 예전과 비교해도 확연히 잦아졌다고 단언하기 어려웠다. 나는 누구에게도 죄를 짓지 않았고, 누구도 나에게 죄를 묻지 않았는데 나 혼자 '일을 하지 않는 건 내 약점'이라고 규정하고 누가 내 약점을 공격할까 봐 잔뜩 가시를 세우고 있었다.

자라는 내내 들었던 '일하지 않는 자, 먹지도 말라' 같은 프로테스탄트 윤리와, 며느리는 당연한 '을'이 되는 한국 특유의 유교문화가 적절히 배합해 내게 이런 죄의식을 심었을 것이다.

그러나 그게 다는 아니었다. 여성 커뮤니티에 올라오는, 시부모의 요구가 과한지 아닌지를 봐 달라고 묻는 글에 달리곤 하던 '전업도 아니고 똑같이 맞벌이하는데 그걸 왜 하냐'는 댓글들. 이런 말들은 내게 '돈을 벌지 않으면 어느 정도 시댁의 부당한 요구를 감수해야 한다'는 말로 들렸다. 같은 '을'의 처지에서 '갑'을 성토하는 장場에서도 경제활동을 해야 '발언의 자격'이 생겼다. 위로받으러 갔다가 오히려 위축됐다.

나는 한국사회 며느리에게만 부과되는 불합리한 의무를 말할 때 워킹우먼인지 전업주부인지 '점검'하고 시작하는 이 관행이 오히려 논점을 흐린다고 생각한다. 돈을 벌지 않는다고 무엇이든 요구해도 된다면 그건 애초에 여권女權도, 인권도 아니다. 죄를 지은 것도 아닌데 시댁만 가면 자동 반사적으로 위축되는 전업주부에게도 그럴 필요 없다고 말해주고 싶다.

그러나 이 말이, 일하지 않는 나보단 일하는 여자의 입에서 나오는 게 훨씬 더 설득력 있게 들릴 거라는 사실까지 부정할 수는 없다. 제 커피값을, 요가원 수강료를, 목욕물을 제 손으로 해결하는 자의 말에 얹어지는 1그램의 무게감을 무시할 수 없다고 생각한다. 죄송했다

야속했다를 널뛰기하는 종잡을 수 없는 내 감정도 썩 달갑지 않았지만, 무엇보다 이 1그램을 포기하고 싶지 않았다. 이성으로 따져보기 전에 '본능적으로' 당당하고 싶었다. 그 욕망이 두더지 게임 속 두더지처럼 불쑥불쑥 얼굴을 내밀었다.

뼛속까지 양성평등주의자가 전업주부로 산다는 것

한글도 떼기 전에 나를 사로잡은 단어가 있다. 남녀평등. 20분 먼저 태어난 쌍둥이 언니와 네 살 터울 남동생을 두고 있는 나는 아주 어릴 적부터 남녀차별에 예민했다. 장남에게 시집왔지만 첫판부터 아들도 아닌 딸을 쌍둥이로 낳은 엄마는 남동생이 태어나자 모든 혜택을 동생에게 몰아줬다. 두 개뿐인 닭다리를 동생의 밥그릇에 올려주는 건 약과였다. 방 두 칸짜리 반지하에 살면서도 동생만 사립 유치원을 보냈고, 갈비와 피자, 치킨이 한 데 모인 '어벤저스'급 생일상을 차려줬다. 그러는 동안 나와 쌍둥이 언니는 교회에 딸린 저렴한 유치원을 다녔고(심지어 기독교인도 아닌데!), 친구들 앞에서 생일 초 한번 불어보지 못했다.

남동생에게만 주어지는 이 모든 혜택이 단순히 '막내 어드벤티지 Adventage' 때문만은 아닐 수도 있다고 의심하기 시작한 건 여섯 살 무렵이었다. TV뉴스에서 '남녀평등'이란 단어를 듣자마자 그간 품었던 모든 의문이 마치 엉킨 실타래가 풀리듯 단숨에 해소됐다. 남녀평등이란 말은 의미하고 있었다. 단순히 남자라는 이유만으로 좋은 것을 누릴 수 있고, 그런 일이 우리 집만의 특수한 현상도 아니라는 사실을. 문제는 나이가 아니라 성별이었던 것이다.

그날부로 남녀평등은 내 인생의 주제곡이 됐다. 스무 살 넘어 남자를 사귈 땐 더치페이를 넘어 오버페이Over pay를 한 적도 많다. 남자라서 돈을 더 낼 이유도, 여자라서 얻어먹을 이유도 없다고 생각했다. 그깟 밥값 좀 냈다고 내게 뭔가를 요구할 권리가 있다는 듯 행동하는 남자를 참아주기 힘들었다. 일할 때도 그랬다. 여자라는 걸 내세우며 고된 취재에서 빠진 적도, 술자리에서 폭탄주 파도를 뚝 끊어 놓은 적도 없었다.

결혼해서도 마찬가지였다. '덜 힘든 사람이 더 한다'는 게 우리 부부의 가사 분담 원칙이었기에 집안일의 70~80퍼센트는 남편 몫이었다. 저녁 뉴스 끝나면 퇴근하는 방송기자 남편과 달리, 신문기자인 나는 자정이 가까운 시간까지 다음 날 신문에 실을 기사를 고치고 또 고쳐야 했다. 내가 일했던 신문사의 애독자인 시부모님은 하루도 빠짐없이 내 기사가 지면에 등장하는 걸 보셨기에 어렴풋이 며느리가 무척 바쁘다는 사실을 알고 계셨다. 그래서인지 내 용인 한도를 넘어서는 과한 요구는 거의 하지 않으셨다.

그렇게 순조롭게 흐르던 내 주제곡이 뚝뚝 끊기기 시작한 건 전업주부로 전업한 이후였다. 생계라는 짐을 남편과 나눠들지 않는 내게 평등을 요구할 자격이 있는 것인지 스스로 의문이 들기 시작했다.

전업주부가 되고부터 남편은 집안일에서 완전히 손을 뗐다. 청소와 빨래, 요리까지 도맡던 살림꾼이 밥숟가락 놓자마자 서재로 들어가 버리고, 자기가 마신 맥주 캔 하나도 치우지 않는 전형적인 가부장이 되기까지는 채 일주일도 걸리지 않았다. 그 현기증 날 정도로 빠른 전환이 때로 얄밉게 느껴졌다.

반대로 더 바쁘다는 이유로 남편에게 가사 노동을 당당하게 요구했던 나는 군말 없이 남편의 흔적을 치워야 하는 전통적인 여성으로 변신해야만 했다. 전업주부는 가사를 전담하는 사람이기에 이 전환은 당연한 거라고 머리로는 이해했지만, 30년 가까이 남녀평등을 부르짖었던 내게 이는 '전환'이 아닌 '퇴행'처럼 느껴졌다. 머리와 마음이 엇박자를 냈다.

더 큰 혼란은 시댁과의 관계에서 발생했다. 전업주부의 업무는 '우리 집 가사'에만 한정된다고 믿었던 나와 달리, 시부모님은 당신에 대한 효도까지 전업주부의 업무라고 해석하는 듯했다. 회사를 그만둔 직후 시어머니가 편찮으셨다. 시아버님은 사업 때문에 자주 출장을 가셨고, 남편은 주 6일 회사일로 짬을 낼 수 없었다. 결혼 안 한 도련님은 일본에서 직장을 다니고 있었다. 시어머니를 간호할 여유가 있고 여건이 되는 사람은 나뿐이었다. 더없이 소중한 남편을 낳고 키워주신 데다 대화도 잘 통하고, 배울 점도 많은 시어머니를 돌봐드리는 일은 싫지 않았다. 그래서 내가 매번 병원에 갔다.

그러나 내가 선의善意로 한 일을 시부모님은 며느리라면 응당 해야 할 일로 받아들이고 있는 눈치였다. 어느 날은 병간호를 마치고 저녁 늦게 병원을 나서는데 시아버지께서 "당연히 해야 할 일이긴 하지만 수고했다"고 말씀하셨다. 시어머님 퇴원 기념으로 시댁과 함께 해외 여행을 갔을 때는 "이 사람(시어머니) 친구가 많아서 다행이지, 그렇지 않았다면 네가 집에 와서 밥해 주고 약 타오고 했어야 할 뻔했다"는 말도 하셨다. 듣는데 기분이 묘했다. 전업주부라 '여건'이 돼 맡았던 일이 어느덧 '의무'로 굳어지고 있는 것 같았다.

아픈 장모가 사위에게 바라는 것에 비해 시부모가 내게 요구하는 게 훨씬 광범위하다는 점에서 이건 불평등이었다. 그러나 남편은 일을 하고 있고, 나는 하지 않고 있다는 변수도 무시할 수 없었다. 밥벌이의 의무는 남편에게 떠넘긴 채 내 몫의 의무만 과하다고 볼멘소리 하는 건 스스로도 염치없게 느껴졌다. 결국 생계의 의무를 나눠지지 않는다면 내게 그 어떤 과도한 의무가 부과되더라도 떳떳하게 내 목소리를 낼 수 없으리라는 불길한 예감이 스쳤다. 다시 평등을 말하고 싶었다. 한평생 옳다고 믿어 온 가치를 포기하고 싶지 않았다. 그날 나는 구직 사이트에 접속했다.

전업주부가 된 게 떳떳하지 않았다

그 상賞을 생각하면 아직도 마음이 무겁다. 2014년 겨울 '양성 평등상'이란 걸 받았다. 수습을 떼자마자 '일하고 싶은 여성 날개를 달아주자'라는 연중 기획기사를 제작하는 팀에 차출됐다. 스물여덟. 결혼도, 출산도, 육아도, 경력단절도 내게는 아직 먼 나라 얘기였다. 여성의 경력단절이 1년짜리 기획기사를 써야 할 만큼 심각한 사안인지 공감도 동의도 하지 못했던 나는 그저 사무적으로 내게 맡겨진 임무를 해치웠다. 고학력 전업주부 10명을 심층 인터뷰하는 일이었다.

인터뷰는 한숨으로 채워졌다. 종종 울먹거리는 사람들도 있었다. 1억 원이 넘는 유학비를 지원하고, 두 아이까지 키워줬는데 결국 전업주부가 '되어버려서' 친정 엄마에게 너무 미안하다는 취재원의 말이 특히 기억에 남는다. 칼퇴하려고 화장실 갈 새도 없이 일하다 방광염까지 걸렸다던 이였다. 목소리만 들어도 똘똘함이 전해지던 그녀였기에 인터뷰하는 내내 '너무 아깝다'는 생각이 떠나질 않았다. 심정적으로야 그간의 마음고생이 이해되어도 머리로는 '그래도 더 버텼어야 한다'고 생각했다. 모성을 모르는 데다 완고하고 엄격한 나에게는 '아이가 장기간 심하게 아팠다'는 사유만이 유일하게 수긍 가능한 퇴사 이유로 여겨졌다.

경단녀가 양산되는 심리적, 사회적 원인과 해법을 다룬 그 기사는 이듬해 '양성평등에 기여했다'는 이유로 여성가족부가 수여하는 양성평등상 보도부문 최우수상을 받았다. 인터뷰 외에 별로 한 게 없어 팀장선배에게 어딘가 미안한 마음이 없지 않았지만 입사 후 처음 받는 상이라는 흥분에 양심도 없이 덥석 받았다. 일단 상부터 받고, 천천히 사회에 환원하겠다고 다짐했다.

하지만 나는 결과적으로 환원은커녕 상을 배신한 꼴이 됐다. 본격적인 육아 문제에 부딪히기도 전에, 유리천장에 머리를 꽁 박기도 전에 지레 겁먹고 미리 그만뒀으니 말이다. 기사를 통해 내가 했던 말과 내 삶이 전혀 일치하지 않았다는 사실은 내게 적잖은 부끄러움과 자괴감, 상에 대한 부채감을 줬다. 그 상을 받은 기억이 문득 떠오를 때마다 마음 한구석이 싸해졌다. 마치 점잖은 채권자가 나를 소리 없이 지켜보는 느낌이었다.

그런 부끄러움 때문이었을까. 나는 내 퇴사 소식을 알리지 않았다. 정확히는 '적극적으로' 알리지 않았다. 카카오톡 프로필엔 '휴가 중'이라는 글귀를 그대로 띄워뒀고, 각종 모임 카톡방에도 공지하지 않았다. SNS를 거의 하지 않았기에, 나만 조용히 있으면 아무도 내가 퇴사한 줄 몰랐다. (오죽하면 한 대학 선배는 퇴사 1년이 다 되어 가는데도 내가 전업주부가 된 줄 몰랐다고 했다.)

친구들에게 내 체념과 좌절을 전염시키고 싶지 않았다. 동창들 사이에서 '악바리'로 통하던 내가 결혼한 지 1년도 안 돼 회사를 관뒀다는 사실을 굳이 알려 힘들게 버티고 있는 친구들을 동요하게 만들기 싫었다. 나의 경우 '유학파 방송기자 A언니'나 '약사친구 B'처럼 먼저 주부의 길로 들어선 지인의 사례가 퇴사를 결심하는데 적지 않은 역할을 했다. 그들의 존재는 종종 회의를, 그러니까 '나보다 더 대단하고 잘난 여자들도 저렇게 그만두는 마당에 내가 뭐 때문에 이렇게 버티나' 같은 마음을 불러일으켰고, 이는 퇴사에 대한 견고한 심리적 장벽을 허물어줬다. 한때 양성평등상까지 받았던 기자로서, 최소한 주변 사람들의 '퇴사 저항감'을 약하게 만들어서는 안 된다고 생각했다.

그러나 그 이유가 전부는 아니었다. 전업주부라는 정체성이 품고 있는 계급적 이미지가 나를 규정하도록 놔두고 싶지 않았다. 부부가 쌍으로 벌어도 의식주 걱정에서 완벽히 해방될 수 없는 불행한 나라에서 전업주부, 정확히는 아이 없는 전업주부는 부러움의 대상이면서 동시에 '남편 잘 만나 노는 팔자 좋은 여자' 정도로 비하된다는 사실을 안다. 경쟁률이 높기로 유명한 회사에 떡 하니 붙어 놓고 사업가와 결혼, 곧바로 일을 그만둔 한 언니를 보면서 나도 같은 감정을 느꼈기 때문이다. 직업은 애초에 결혼을 위한 스펙이었고, 스스로 무언가를 일구기 보다는 남편에게 의존해 편히 살려 하는 속물이라고 마음속으로 그 언니를 비웃기도 했었다. 남들이 보기엔 나나 그 언니나 다를 게 없을 거였고, 심지어 나조차도 내 밑바닥엔 남자에 기대 편히 살고 싶은 욕망이 가라앉아 있었을지 모른다고 생각한다. 그래도 그렇게 보이기는 싫었다. 요가원에 등록할 때마다 '직업'란에 '취준생'이라고 쓰고 싶은 욕구가 들었다. (액면가가 있어서 실제 실행에 옮기지는 못했다.) 전업주부가 됐지만, 전업주부라는 정체성이 떳떳하지는 않았다.

정체성 혼란을 모른 체 하고서 전업주부 생활을 마냥 즐길 수는 없었다. 그때부터 닥치는 대로 책을 읽었다. 나 같은 여자는 미국에도, 일본에도 있었다. 아니 단순한 존재를 넘어서 하나의 트렌드가 되어 있었다. 이들은 미국에선 '신종 아내'로, 일본에선 '새로운 형태의 전업주부'로 불렸다. 이름은 다르지만 신종 아내나 새로운 전업주부나 기를 쓰고 좋은 학교, 좋은 직장에 들어갔지만 경쟁에 질려 자발적으로 집으로 유턴한 여성을 말한다.

이런 정의에 내가 빈틈없이 들어맞진 않았지만, 교집합이 있는 건 분명했다. 치열한 경쟁사회에서 여성으로서 한계를 느끼고 안락한 가정으로 돌아왔기 때문이다.

이 책들은 새로운 전업주부의 탄생이 페미니즘에 어떤 영향을 끼쳤는지 진단하고 있었다. "직장에서 일하던 여성이 다시 가정의 울타리로 돌아가는 건 의심의 여지없는 후퇴"라는 의견과, "일만 하면 모든 억압으로부터 해방될 수 있을 것이라고 주장했던 1세대 페미니즘이 얼마나 안일했는지를 보여주는 강력한 증거"라는 의견이 치열하게 맞붙었다.

'새로운 전업주부'이자 '신종 아내'인 나는 이 현상을 제3자의 눈으로 냉철하게 분석해내기는 좀 힘들다. 당사자는 자신을 좀 더 그럴듯하게 표현하고픈 욕구에 좌지우지될 수밖에 없다. 그러나 당사자이기 때문에 완전히 새로운 결론을 만들어 낼 가능성은 열려 있다. '신종 아내'가 한 두 번째 선택이야말로 이 현상이 페미니즘의 후퇴로 남을지 아니면 더 높이 도약하기 위한 '도움닫기'일지를 규정하게 되기 때문이다.

그래서 아직은 기회가 있다고 믿는다. 4년 전 미리 당겨 받은 상에 대한 빚을 갚을 기회 말이다. 천천히, 그렇지만 신중하게 갚아 나가겠다고 다짐한다.

퇴사라는 뽀샤시 필터

○

"퇴사가 진짜 좋긴 좋나보다. 나 너 못 알아볼 뻔 했어."

오랜만에 만난 지인이 내 얼굴을 보자마자 칭찬을 늘어놓았다. 여자들의 대화가 서로에 대한 릴레이 칭찬으로 시작한다는 사실을 모르지는 않는다. 그러나 그녀의 칭찬에는 분명 일말의 진정성이 있었다. 입은 거짓말에 능숙해도 눈은 서툰 법이다. 까맣고 동그란 그녀의 동공은 금방이라도 쏟아질 듯 잔뜩 확장돼 있었다.

예뻐졌다는 말이 불러온 가벼운 흥분은 화장실에서 거울을 보자마자 실망을 거쳐 의심으로 바뀌었다. 아무리 구석구석 살펴도 달라진 게 없었다. 부스스한 머리, 문신이라도 한 듯 매일 똑같은 메이크업, '교복'이냐는 놀림을 받을 정도로 매번 입는 외출복. 뭐 하나 회사 다닐 때보다 나아진 게 없었다. 오히려 나빠진 것만 눈에 띄었다. 숱한 야근에도 끄떡없던 피부에 꽤 큰 뾰루지가 두 개나 났다. 심지어 전날 잠까지 설쳐 푸석푸석, 붓기까지 했다.

이 모든 상황을 종합해 보면 변한 건 내가 아니라 그녀라는 가설이 차라리 더 설득력 있었다. 내가 사표를 냈다는 소식을 듣고 가장 먼저 점심을 먹자고 제안했을 정도로 그녀는 심하게 퇴사병을 앓고 있었다. 자신의 오랜 숙원을 먼저 실천한 나에 대한 부러움과 퇴사 자체에 대한 환상이 한데 섞여 그녀의 홍채에 필터를 씌운 게 아닐까. 그것도 울퉁불퉁, 구멍 숭숭 뚫린 화강암을 매끈한 대리석으로 보정해 줄 정도의 초강력 뽀샤시 필터를 말이다.

회사를 그만두고 '편해 보인다'거나 '얼굴이 폈다'는 말을 참 많이 들었다. 이런 칭찬 다음엔 어김없이 질문이 이어졌다. '퇴사하니까 행복하지? 살 것 같지?' 슈렉의 장화 신은 고양이처럼 기대감으로 한껏 동그래진 그들의 눈을 보고 있노라면 왠지 '그렇다'고 답해 줘야 할 것 같은 압박감을 느꼈다. 많은 직장인의 꿈은 퇴사다. 회사 문만 박차고 나가면 그때부턴 예뻐지고, 날씬해지고, 행복해질 거라는 '퇴사 만능론'이 직장인 사이에 전염병처럼 퍼져 있다. 퇴사가 모공 넓고 요철 많은 내 인생을 절로 뽀얗게 만들어줄 거라고 믿는다.

물론 어느 정도는, 아니 일정 기간은 온 세상이 내 것 같을 때가 있다. 이른바 '퇴사 허니문' 기간이다. 그동안 고생한 스스로에게 상을 준다며 여행을 떠나 난생처음 별 다섯 개짜리 호텔에서 모히토도 들이키고, 알람 따윈 존재하지 않는다는 듯 늘어지게 아침잠도 잔다. 오후 2~3시 손님 없는 한적한 시간 카페를 찾아 그간 못 읽었던 책도 읽는다. 회사를 다닐 때 누적됐던 결핍이 하나하나 해소된다. 행복은 결핍이 채워질 때 가장 손쉽게 온다. 이때는 참 행복하다.

그러나 결핍이 어느 정도 채워지면 허니문 기간도 어느덧 막을 내린다. 그때부턴 바로 권태기다. 손등만 스쳐도 떨렸던 연인이 세상 둘도 없는 원수가 되듯, 세상 반갑던 여유가 슬슬 지겨워진다. 아침 운동 다녀와서 저녁까지 내 일과는 텅 비어있다. 늦잠도 하루 이틀, 여유도 하루 이틀이지 넘쳐흐르면 전혀 반갑지 않다.

바로 이때쯤 행복의 영원한 적, 불안이 슬슬 활동을 재개한다. 시간이 많으면 아무래도 부정적인 생각이 들기 마련이다. '내가 잘못 생각한 게 아닐까, 이대로 주부로 지내는 게 맞는 걸까, 지금이라도 다시 일을 구해야 하는 것 아닐까.' 내 인생을 환하게 만들어주리라 믿었던 퇴사라는 필터가 작동을 멈추면 불안이 한층 더 또렷하게 드러나고 만다. 사실 그녀를 만나기 전날이 꼭 그랬다. 힘들다고 만날 때마다 징징거리긴 하지만 그래도 아직 버티고 있는 그녀를 보면 혹시나 내 선택을 후회하게 될까 봐 밤새도록 전전긍긍했다. 안 나던 뾰루지가 두 개나 났던 것도, 재발한 불면증 때문에 잠을 설친 것도 그 때문이었던 것 같다.

그러다 우연히 《행복한 사람 타샤 튜더》라는 책을 만났다. 회사를 다닐 때는 그렇다 치자. 왜 주부로 사는 지금도 번뇌에서 벗어나질 못할까. 행복한 사람들은 대체 뭐 하고 사는 걸까. 지푸라기라도 잡는 심정으로 동네 도서관에 갔다가 '행복'을 키워드로 검색했더니 이 책이 걸려들었다. 타샤 튜더는 미국에서 동화 작가로 활동했던 할머니다. (지난 2008년 세상을 떠났다.) 그러나 그녀의 그림책보다 더 알려진 건 독특한 삶의 방식이었다. 30만 평이 넘는 정원을 '비밀의 화원'처럼 가꾸고, 고양이 개는 물론 종달새 심지어 쥐(!)까지 키우며 동물과 함께 살아가는 그녀. 바느질을 하고 책을 읽고 그림을 그리는 그녀는 미국에서 행복의 대명사처럼 여겨진다.

그런 그녀가 쓴 에세이를 읽고 있자니 절로 한 문장이 떠올랐다. '부지런해야 행복해진다.' 버몬트라는 시골에서 혼자 사는 삶은 누군가에겐 형벌처럼 느껴질지 모른다. 지독히 외롭고 무료할 테니. 그러나 그녀는 매일 충만한 행복을 누린다. 비결은 '쉬지 않고 뭔가를 하는' 거다. 누워서 빈둥빈둥, 밥도 대충대충 먹는 게 아니라 꼭두새벽부터 일어나 풍경과 교감하고, 직접 기른 유기농 먹거리로 근사하게 끼니를 챙긴다. '자 이제 나를 행복하게 해봐'라고 두 손 놓고 기다리지 않고, 부지런히 몸을 움직여 행복을 손에 쥔다. 그제야 어떤 시도도 하지 않고 행복을 넋 놓고 기다리는 내가 보였다. 게으른 나는, 심지어 나를 행복하게 만드는 데도 게을렀던 것이다.

그 길로 첫 시도를 했다. 책을 쓰는 일이었다. 누구보다 치열했지만 자꾸 작아지기만 했던 나의 20대를 책을 내는 행위를 통해 마무리하고 싶었다. 전직 기자가 책을 내는 건 그다지 어려운 일이 아닌데도, 자신감이 바닥인 데다 출간에 문외한이던 나는 선뜻 발을 내딛지 못했다. 그러나 '뭐라도 해보자'는 생각이 들었다. 그때부터 책 쓰기에 관한 책을 다 찾아 읽고, 웬만한 책 쓰기 코칭 카페에 다 가입했다. 심지어 2시간에 삼만 원짜리(전업주부에게 적은 금액은 아니다) '책 쓰기 코칭'까지 들었다.

그날 별 영양가 없던 강의를 듣고 집으로 가는데 도심 속 석양이 눈에 들어왔다. 강남의 빼곡한 빌딩 숲 사이로 다홍빛 노을이 천천히 퍼지고 있었다. 조급함으로 얼어붙었던 마음에 온기가 돌았다. 필터가 벗겨진 세상도 충분히 아름다웠다. 지루하고 답답했던 퇴사 권태기가 물러나고 있었다.

나를 복잡하게 만들던 남편의 출세

○

"남편 복이 있네." 아흔 살 넘은 할머니가 처음 꺼낸 말은 낯설었다. 막 전업주부가 되고 엄마와 집 근처 용하다는 철학관을 찾아 사주를 봤다. 엄마를 통해서 두어 차례 내 점괘를 전해들은 적은 있지만, 직접 복채를 들고 가 역술인 앞에 앉은 건 그날이 처음이었다. 방울을 흔들거나, 쌀을 뿌리거나 하는 다소 으스스한 의식은 없었다. 할머니는 오직 이름과 사주팔자만으로 내 운명을 더듬었다. 그 결과가 '남편 복'이었다.

전업주부에게 남편 복이 있다는 건, 자식 복과 더불어 최고의 점괘다. 바깥 활동을 하지 않는 내가 사회적 지위나 경제적 조건 면에서 더 나아질 수 있는 사실상 유일한 기회는 '남편의 출세' 뿐이다. 남편이 잘되는 게 곧 내가 잘되는 길이다.

그래서 일단은 기뻤다. '사람 볼 줄 모른다'고 자주 핀잔 듣던 나였는데, 남편만큼은 잘 골랐다고 인정받는 기분이었다. 우린 20대 백수였을 때 만났다. 철도 없고, 돈도 없고, 미래도 없던 3무無 시절이었다. 그나 나나 언론사 필기시험에서 연거푸 고배를 마시고 있었고, 12월 31일에서 1월 1일로 넘어가는 역사적인 순간에 편의점에서 캔 커피를 홀짝일 정도로 돈이 없었다. 그런데도 나는 남편에게서 무언가를 봤고, 일찌감치 그와 결혼을 다짐해 결국 성공했다. 그런 내게 '남편 복'이 있다는 말은 막 상장할 때 싼 값에 사둔 주식이 10년 뒤 100배로 올랐을 때와 비슷한 수준의 쾌감을 선사했다.

'남편 복'이라는 단어가 주는 환희는 짧았지만, 생경함은 길었다. 엄마가 의정부의 용하다는 점쟁이에게서 '버티면 그 분야의 최고가 될 사주'라는 말을 듣고 온 게 이 할머니를 만나기 불과 석 달 전이었는데, 어느새 내 점괘의 주인공은 남편이 되어 있었다. (심지어 할머니 앞에서 주부의 'ㅈ'도 꺼내지 않았는데!) 내 미래가, 주가가 오르면 꼭 그만큼 이자가 붙는 주가 연계형 금융상품처럼, 남편의 미래에 연동돼 있을지도 모른다는 생각이 퍼뜩 들었다. 내 사주의 주인은 남편이고 나는 한편에서 눈치 보며 셋방살이를 하고 있는 느낌이었다. '이동수'나 '이직운'처럼 군더더기 없는 내 몫의 점괘를 다시 들을 수 없다는 옅은 상실감이 내 마음속에 조용히 자리 잡았다.

점쟁이 할머니의 신통함은 즉시 증명됐다. 남편이 잘나가기 시작한 것이다. 기자라면 누구나 탐낼법한 기회가 연거푸 남편의 손에 쥐어졌다. 행정부-국회-청와대 순서로 남편은 점점 더 권력의 핵심에 다가갔다. 압권은 주말 메인 뉴스 앵커를 맡은 일이었다. 방송 감각을 익힐 수 있는 기회인 데다 폼도 나는 일이라 앵커 자리는 대부분의 기자가 한번쯤 꿈꾼다. 신문기자인 나도 예외는 아니었다. 20대 초반 (용감하게) 아나운서를 꿈꿨을 만큼 스포트라이트를 받는 일이라면 나도 본능적으로 끌렸다. 그런 자리가 남편에게 주어졌다니, 경사가 아닐 수 없었다.

그러나 이 행운 앞에서 나는 순도 100퍼센트의 기쁨을 느끼지 못했다. 자꾸만 '부러움'이라는 불순물이 끼어들었기 때문이다. 남편이 대견하고 자랑스럽다는 생각을 이 부러움이 압도할 때도 있었다. 남편이 잘되는 걸 부러워하는 아내가 있다니. 나조차도 이 '불온한' 감정이 납득되지 않았다. 남편에 대한 내 사랑이 가짜였던 걸까. 아니면 애초에 나는 나밖에 사랑할 수 없는 못 말리는 자기애의 소유자인 걸까. 자책도 실망도 많이 했다.

한도 끝도 없이 뻗어나가는 부러움에 브레이크를 걸기 위해 나는 정신을 차리고 찬찬히 따져봤다. 무엇이 그에게 이런 기회를 가져다줬을지, 그와 나는 무엇이 달랐는지.

가장 먼저 떠오른 건 '태도'였다. 남편이 처음부터 좋은 직장, 좋은 부서에서 근무했던 건 아니었다. 영향력이 결코 크다고 할 수 없는 언론사에서 조금도 관심 없는 기사만 3년 넘게 썼다. 나라면 벌써 뛰쳐나왔을 텐데 남편은 그러지 않았다. 주어진 환경을 수용했고, 담담하게 일했다. 그렇게 담담하게 버텨낸 시간이 그의 커리어를 단단하게 떠받쳤다. 특종상으로 도배된 화려한 커리어는 아니었지만, 누가 봐도 '주어진 자리에서 성실히 일했다'는 느낌을 줄 수 있는 커리어였다. 핵심 부서에 있을 땐 일이 내게만 쏠린다고, 주변 부서에 있을 땐 핵심이 아니라고 꾸준히 불평거리를 찾았던 나는 그와 이 점에서 가장 달랐다. 나는 불평했고, 그는 수용했다. 내가 사장이어도 나보다는 남편에게 기회를 줄 것 같았다.

남자라는 것도 부러웠다. 결혼 후 내게는 고민 하나가 더 추가됐다. '이 일을 과연 가정과 병행할 수 있을까' 하는 문제였다. 그러나 남편은 이런 문제를 나만큼 진지하고 심각하게 고민하지 않았다. 이런 문제에 대해 내가 고민을 털어놓을 때마다 아직 닥치지 않은 일을 미리 걱정하지 말라고 나를 다독였다. '일과 가정의 양립'은 내게는 결혼과 함께 서서히 다가오기 시작한 문제였지만, 그에겐 아직 먼 미래의 얘기였다. 고민의 깊이와 정도가 다를 수밖에 없었다. 고민 없이 일하는 그가 부러웠다.

아주 가끔은 억울한 마음도 들었다. '토끼와 거북이'에 나오는 토끼처럼 낮잠을 자며 게으름을 부린 것도 아닌데, 단지 결혼을 했을 뿐인데, 어느새 거북이에게 추월당한 느낌이었다. '결혼을 하지 않았다면, 나도 저 자리에 있을 수 있지 않았을까' 하는 후회가 일었다. 남편의 모니터를 해주는 일이 때로 버거웠다.

나조차도 이해하기 힘든 이런 감정을 잠재운 건 내 '일'이었다. 투고를 하고, 계약을 맺고, 출간을 하게 되면서 내게도 다시 일이 생겼다. 원고를 쓰느라 바빠 부러움에 쏟을 시간이 절대적으로 줄었기 때문이기도 했지만, 그게 전부는 아니었다. 내 몫의 성취가 남아 있을 때와 없을 때, 타인의 성취는 다르게 보인다. 내 손에 아무것도 없을 때 '남의 떡'은 더 크고 맛깔스럽게 보이기 마련이다.

잠시나마 다시 일을 하면서 남편에 비해 한참 미성숙했던 내 태도를 수정할 기회가 생겼고, 언젠가 다시 남편을 앞지를 수 있다는 희망도 생겼다. 가슴 졸였던 투고가 여러 출판사에서 러브콜을 받으면서, 순도 100퍼센트의 기쁨도 맛봤다. 강사 김미경의 말처럼, "자신이 성장하는 것을 보는 것만큼 엔돌핀이 나오는 일"은 세상에 없다.

희한한 건 사주까지 바뀌었다는 거다. 책이 얼마나 팔릴지, 앞으로 어떤 일을 하면 좋을지 궁금해 찾은 홍대 사주카페에서 한복을 곱게 차려 입은 역술인은 내게 말했다. "딱 노력한 만큼 결과가 나오는 사주야!" 남편 잘 만나서 편하게 걱정 없이 산다는 아흔 살 할머니의 말보다 나는 뻔하디 뻔한 이 점괘가 훨씬 마음에 들었다.

전업주부는 정말 시간부자일까

'깐 대파'는 마트에서 이천오백 원쯤에 판다. 흙을 털고 파뿌리를 말끔히 제거해 언제든 간편히 사용할 수 있게 포장돼 있다. 회사를 다닐 땐 이걸 참 많이 샀다. 한식에서 대파는 육수에, 고명에 전방위로 필요한 단골 재료이기 때문이다. 검지손가락 굵기의 대파 너댓개를 뽀얀 속살이 드러나게 손질까지 다 해서 파는데 이천 원대면 싸다고 생각했다. 동네 채소가게에 첫 발을 내딛기 전까지는 그랬다.

'한 단에 1500원' 동네 채소 가게에서 박스 뒷면에 매직으로 성의없게 적은 가격표를 보고 내 눈을 의심했다. 파 한 단이 천오백 원이었다. 가래떡만큼 굵은 대파가 스무 개 가까이 묶였다. 양은 마트에서 보던 '깐 대파'의 족히 서너 배는 돼 보였는데 가격은 오히려 천원 저렴했다. 파뿐만이 아니었다. 다른 채소도 전반적으로 마트보다 쌌다. 양파, 브로콜리, 파프리카, 각종 버섯 다 사도 만 원짜리 지폐 한 장이면 족했다. 몇 개 사지도 않았는데 갈 때마다 칠팔만 원이 나와 나를 겁먹게 했던 마트와는 너무 비교가 됐다.

싼 데는 이유가 있었다. 확실히 손이 많이 가긴 했다. 대파 한 단을 사오면 흙을 털고 누런 겉잎을 떼어내고 깨끗이 씻은 후 사용하기 알맞은 크기로 썰어 냉동실에 얼려둬야 했다. 그렇지 않으면 금방 물러 절반 이상을 속절없이 버려야 한다. 흐르는 물에 스윽 씻기만 하면 바로 찌개에 넣을 수 있던 마트표 파보다 시간이 배 이상 걸렸다.

그럼에도 나는 그렇게 했다. 경제활동을 중단한 내가 가계에 보탬이 되는 유일한 방법은 '아끼는 것' 뿐이다. 돈을 아끼려면 시간을 써야 하고, 시간을 아끼려면 돈을 써야 한다. 직장에 메어 있지 않은 나의 경우 시간은 풍족했지만 돈은 그렇지 않았다. 그래서 나는 돈 대신 시간을 썼다. 시간은 내게 허락된 유일한 자본이었다.

아이러니하게도 바로 이 점 때문에 전업주부는 시간 부족에 허덕인다. 돈 대신 시간 자본을 쓰려하기 때문이다. 나만해도 그렇다. 예전엔 마트에서 한 번에 모든 걸 해결했다면, 이제는 1차, 2차에 나눠 장을 본다. 식용유, 휴지, 통조림 같은 건 마트에서 사고, 고기나 야채는 동네 정육점과 야채가게에서 추가로 구입한다. 경험에 비춰봤을 때 '유통기한'이 없는 생필품은 대량으로 떼다 쟁여 놓고 파는 마트가 싸고, 유통기한이 있는 제품은 오히려 동네 어귀 시장이나 가게가 싸다. 마트와 시장을 믹스 매치하고, 크로스 체크해 가며 가장 최적의 조합을 찾는다. 그러다 보니 시간이 배로 든다.

엄마도 그랬다. 명절 때만 되면 엄마는 온종일 '어둠의 기운'(그렇다. 명절 증후군이다)을 뿜어내면서도 ○마트와 ○○시장을 몇 번이고 오갔다. 허리 아파 죽겠다고 인상 팍 쓰고 있으면서도 저렇게 악착같이 싼 곳을 찾아다니는 엄마가 그땐 미련하다고 생각했다. '장 대충 보고 좀 쉬라'고 큰 목소리로 설득하길 여러 번이었다. 그러나 전업주부가 되고 보니 엄마의 치열했던 가격비교는 '전문성'과 '프로 의식'이었다는 생각이 든다. 엄마는 시간을 써서 돈을 아끼는 데 도가 텄다. 항목별로 어디가 가장 가성비가 좋은지 머릿속에 데이터를 구축해 놓고 있었고, 웬만한 고급 옷도 중성세재에 조물조물 손으로 빨아 세탁비를 아꼈다. 집에 미싱을 두고 아빠 양복바지를 직접 줄이고 늘리는 건 기본이었고, 바리깡과 가위를 사다 30년 가까이 아빠와 남동생의 머리를 직접 깎아줬다. 미용실에서 10분이면 될 이발은 서툰 엄마의 손에선 1시간이 걸렸다. 그러다 보니 밤엔 책 한 자 보지 못하고 까무룩 잠이 들곤 했다.

엄마엔 한참 미치지 못했지만 나도 이상하게 늘 종종거렸다. 돌이켜 보면 한 일도 없는데 그랬다. 직장 근처로 오면 맛있는 점심을 사주겠다는 친한 언니, 친구의 고마운 제안에 집에서 꽤 먼 곳까지 왔다 갔다 하면 하루가 금방 갔다. 책을 사는 대신 일주일에 한두 번씩 책을 빌리러 걸어서 20분 거리의 도서관에 갔고, 버스비도 아낄 겸 운동도 할 겸 40분이 넘는 거리의 요가원을 걸어 다녔다. 가족에게 비싼 식당에서 밥을 사는 대신 요리와 설거지를 했고, 옷을 사주는 대신 함께 쇼핑을 했다. '백수가 과로사한다'는 말은 최소한 내게는 더 이상 농담이 아니었다.

게다가 전업주부의 시간을 노리는 이들은 또 얼마나 많은지. 조직에 메어 있지 않은 시간은 누구나 공짜로 빌려 써도 된다는 듯 많은 이들이 내 시간을 탐냈다. 나와 초면인 사람들 심지어는 나와 일면식도 없는 사람까지 내 시간을 자신들이 선심 쓰듯 말해 여러 번 마음이 상했다.

한 날은 간병인을 쓸까 말까 고민하는 시어머니에게 어머니 친구분이 이렇게 말하는 걸 들었다.

"일 안 하는 며느리는 아꼈다 언제 쓰려고 간병인을 써?"

정작 시간의 주인인 내게는 의사도, 스케줄도 묻지 않고선 내 시간의 사용처를 두고 이러쿵저러쿵 말하는 그를 보고 나는 생각했다. '전업주부의 시간은 정말 헐값이구나. 내 24시간은 하루 십만 원도 안 되는 간병비보다도 싸구나.'

또 다른 날은 결혼 준비에 허덕이고 있는 언니를 보고 직장동료가 "전업주부인 동생 이럴 때 좀 활용해"라고 말했다는 얘기를 건네 듣기도 했다. 나를 진심으로 대해 주시는 시어머니를, 내 영혼의 단짝인 언니를 돕는 일은 싫지 않다. 그러나 그런 일에 시간을 쓸지 말지 정하는 건 내가 자발적으로 결정할 일이지 남이, 그것도 생판 모르는 사람이 감 놔라 배 놔라 할 일은 아니다. 그런데도 사람들은 내 시간을 자꾸 헐값에 빌려 쓰려 했다. 전업주부의 시간이라고 무한정 늘어나는 화수분이 아니고 똑같이 24시간일 뿐인데도 말이다. 그렇게 여기저기 빌려주고 나면 종종 허무함이 밀려왔다.

안 되겠다 싶어 내 시간의 '배타적 소유권'을 확고히 하는 작업을 시작했다. 내 시간을 어떻게 쓸지는 내가 정하고, 내 시간이 아무리 흘러넘쳐 보여도 결코 공짜는 아니라는 사실을 주변 사람에게 주입시켰다. 그러기 위해 시간에 바리케이드를 쳤다. 오전 10시부터 12시까지는 요가하는 시간, 오후 1시부터 5시까지는 도서관 가고 글 쓰는 시간이라고 정해뒀다. 이 시간에 뭔가를 부탁하는 사람에겐 결국엔 그 요구를 들어주더라도 일단은 난처한 내색을 했다. 언제부터 가족들이 내 스케줄을 묻지 않고 모임 날짜와 시간을 정하곤 했는데 그런 관행에도 작심하고 브레이크를 걸었다. 내게 묻지 않고 시댁과 저녁 약속을 잡아 버린 남편에게 필요 이상으로 화를 냈고(그날은 일요일이었고, 사실 별 약속도 없었다) 지하철로 1시간 넘게 걸리는 자신의 집에 놀러 오라는 쌍둥이 언니의 매력적인 제안에도 매번 쪼르르 달려가지는 않았다. 내가 내 시간을 소중히 여기지 않으면 남도 내 시간을 헐값으로 취급한다는 걸 뼈저리게 느꼈기에 좀 너무하다 싶을 정도로 예민하게 굴었다. 내 시간이 공짜가 아님을 확인시켜주기 위한 작업이었다.

동시에 스스로에게 주입했다. 내 시간은 내 거라고. 돈을 벌지 않는다고 해서 그 사실까지 달라지는 건 아니라고. 이 부탁 저 부탁 들어주다 정작 '시간 빈곤층'으로 전락하지 않기 위해서, 시간이 속절없이 흘러간 자리에 작은 알맹이라도 남기기 위해서.

요즘 좀 바쁘다. 새로 나온 책 홍보 때문에 약속도 일정도 많다. 그런데 오랜만에 느끼는 이 분주함이 오히려 반갑다. 오롯이 나를 위해 시간을 쓰는 일만이 줄 수 있는 달콤한 피로의 맛을 이제야 음미하고 있다.

숙제 안 한 여자

결혼과 동시에 숙제가 생겼다. 출산이다. 내가 하겠다고 자청하지 않았다. 누군가 나에게 떠안겼다. 그래서 자율학습이 아니라 꼼짝없이 숙제였다.

찬찬히 따져보면 숙제를 내준 사람은 없었다. 그러나 숙제 검사를 하려 드는 사람들은 많았다. 직장에서나 가정에서나 마찬가지였다. 아직 신혼여행에서 돌아온 지 얼마 되지도 않았는데, 우스갯소리로 여권에 잉크도 안 말랐는데, 여기저기서 '아기'를 물어보는 통에 난감했던 기억이 난다. 명함을 맞교환 하자마자 검사부터 하려드는 취재원도 있었다. 그러나 이것은 서막에 불과했다.

전업주부가 되고부턴 숙제 검사의 빈도와 강도가 몰라보게 달라졌다. "1년 정도는 신혼을 즐기는 게 좋다"던 신세대 시어머니조차 "한 살이라도 어릴 때 낳는 게 네게 좋다"고 은근히 회유하실 정도. 어떤 요가원에서는 '직업'란에 '주부'라고 기입하자마자 당연한 듯 임산부 요가를 권하기도 했다. 전업주부에게 더 이상 출산은 숙제가 아니었다. 학생이라면 마땅히 해야 할 최소한의 의무, 이를테면 책가방 같은 필수 준비물이 돼 있었다.

'아이 없는 전업주부'인 나는 종종 책가방도 안 가지고 학교에 온 학생이 받는 시선을 받았다. 엄마의 한 지인은 내가 전업주부에 관한 글을 연재하고 있다는 얘기를 전해 듣고는 "애도 없는데 그게 무슨 전업주부냐"며 코웃음을 쳤다고 했다. 여성의 시각을 반영한 글을 꾸준히 기고해 온 한 여성 영화평론가는 한 매체에 문자 그대로 '아이 없는 전업주부는 비웃음거리다'라고 쓰기도 했다. 사회는 '아이 없는 전업주부'를 전업맘으로 가기 전 잠시 거치는 과도기적 단계여야만 받아들였다. 숙제를 해야겠다 싶었다.

숙제를 하려고 책상 앞에 앉았다. 그러나 마음이 동하지 않았다. 작고 보드랍고 꼬물꼬물한 생명체를 떠올리면 다가가고 싶고 안고 싶었다. 사실상 중년에 접어든 남편도 여전히 내 눈엔 귀여운데, 남편을 쏙 빼닮은 아기는 오죽하겠나 싶기도 했다. 하지만 그 생명체가 전적으로 내게 의존한다고 생각하면 금방 그 책임감에 숨이 막혔다. 아이를 떠올리면 치명적으로 귀여운 배냇짓 보다 노동으로 빼곡히 채워진 내 일상이 먼저 떠올랐다. 게다가 일에 대한 미련을 온전히 떨쳐버리지 못했던 내게 아이의 탄생은 일로 가는 출입문이 완전히 닫힌다는 걸 의미하기도 했다. 함께 숙제를 해야 하는 남편도 미온적이긴 마찬가지였다. 지나가는 아이에게도 눈을 맞추고 말을 걸 정도로 아기를 좋아하는 남편도, 막상 우리 아이에 대해서는 '있어도 그만, 없어도 그만'의 태도를 고수했다. 나에게나 그에게나 아이의 탄생은 '자유의 제한'이라는 의미로 다가오는 듯 했다.

숙제하기 적합한 환경도 아니었다. 바야흐로 '맘충'의 시대였다. '아기가 깨지 않게 기도해줘. 아기가 울면 난 맘충이 되거든.' 약속 시간을 1시간 앞두고 친구에게 이런 카톡을 받았다. 그녀는 나를 포함한 고교 동창을 만나기 위해 아기를 안고 경기도에서 광역버스를 타고 오고 있었다. 아기 낳고 9개월 만에 첫 외출이었다. '맘충'이란 단어의 등장으로 아기가 있는 여자들은 상시적으로 자기검열의 스트레스에 노출됐다. '저 여자는 민폐를 끼치나 안 끼치나'를 예의주시하는 시선이 존재한다는 사실만으로도 사람은 충분히 위축될 수 있다. 나는 잠재적 죄인 취급을 받고 싶지 않았다. 아이가 있다는 사실만으로도 일터에서 B급 인력으로 격하되는 '모성 벌금'을 내고 싶지도 않았다.

숙제를 하지 않기로 결정하기까지 맘에 걸리는 건 딱 두 가지였다. 첫째는 '부부관계'였다. 아이라는 존재만이 언젠가 찾아올 부부관계의 권태를 치료할 수 있다는 얘기는 줄기차게 들어왔다. '양육'이라는 기나긴 전쟁을 함께 치른 자의 전우애로 부부가 한층 더 끈끈해진다는 것도 상식적이다. 하지만 반대의 상황도 충분히 가능하지 않을까. 부부가 함께 해야 할 공동의 숙제를 어느 순간 나만 하고 있다는 사실을 퍼뜩 깨달을 때 오히려 남편이 철천지원수처럼 느껴지게 되는 상황도 분명히 존재할 것이다. (《남편이 죽어 버렸으면 좋겠다》는 무시무시한 책 제목이 괜히 나온 게 아닐 것이다.) 실제 책《아이 없는 완전한 삶》에는 "어쩌다 실수로 부모가 되었거나, 둘 중 한명은 아이를 원치 않았는데 부모가 되었거나, 부모가 되고 싶은지 그렇지 않은지 잘 모르는 상태에서 부모가 된 경우 결혼생활의 만족도가 떨어지는 경향이 있었다"는 통계도 등장한다.

두 번째로 걸리는 건 황당하지만, 후회였다. 생을 마감할 때 아이를 낳지 않은 것, 더 정확히는 그깟 일 때문에 아이를 낳지 않은 걸 후회할까 봐 두려웠다. '일'과 '아이'라는 선택지 중에 하나를 골라야 한다면 당연히 '아이'를 골라야 한다고, 일을 고르는 건 어리석은 행동이라고 생각했다. '일'은 돈이나 직장 같은 단어의 동의어처럼 느껴졌고, 이런 단어들은 '아이'의 적수가 되기엔 너무 하찮게 느껴졌다.

그러나 주부로 지낸 시간이 길어질수록 애초에 선택지를 잘못 구성한 게 아닐까 하는 의심이 고개를 들었다. '일'과 '아이'가 아니라, '나'와 '아이'를 저울질해야 맞는 게 아닐까 하는 생각이었다. 커리어Career어란 단어엔 직업 뿐 아니라 인생이란 의미가 함께 있듯이, 일이 나와는 동떨어진 별개의 존재가 아니라 내 인생을 채우고 나를 구성하는 주요 성분이기도 하다는 사실을 알게 됐기 때문이다. 나의 죽음을 슬퍼하고, 나를 기억해 줄 아이가 없는 것만큼이나, 내 잠재력을 충분히 시험하지도 못하고 누군가의 아내나 엄마로만 산 인생도 후회될 것 같았다.

그래서 나는 이 숙제를 원점에서 다시 검토하기로 했다. 숙제를 할까 말까, 한다면 언제 할까를 고민하던 데서 벗어나 애초에 숙제가 아니라고 인식하기 시작한 것이다. 내 인생에 숙제를 낼 수 있는 사람은 오직 나뿐이다.

숙제를 해야 하는데 좀처럼 의욕이 생기지 않는다고 스스로를 탓하고 조바심 내지 않기로 했다. 아직 존재하지 않는 아이를 대상으로 모성母性이 생기는 건 쉬운 일이 아니고, 이 모성조차 사회로부터 학습된 것이라는 주장도 엄연히 존재한다.

의욕이 없으면 안 하는 게 맞다. '일을 안 하면 애라도 키워야 한다'는 사회 분위기에 휩쓸려 억지로 떠맡기엔 양육은 한 생명을 건강한 사회인으로 길러내야 하는 오랜 시간과 에너지를 요하는 중요한 일이다. 그래서 다른 건 몰라도 '출산'의 문제만큼은 철저히 자율학습 할 생각이다. 엄마가 되고 싶다는 굳은 의지가 내 안에서 저절로 생겨나기 전까지는 아이를 낳지 않으려 한다. 그게 진짜 '어른 여자'가 가져야 할 책임감이라고 생각한다.

그라운드를 떠나는 여자들을 보며

첫 책을 내고 저자 강연회라는 걸 하게 됐다. 강연을 끝마치고 주섬주섬 가방을 챙기고 있는데 집에 간 줄 알았던 독자가 강의실 뒷문을 빼꼼 열더니 쭈뼛거리며 내게 다가왔다. 강의실 맨 앞줄에 앉아 단 한 차례도 졸지 않고 강연을 들어준 고마운 여성 독자였다. 그녀는 조심스레 내게 말을 건넸다. "저, 글쓰기에 관한 질문은 아닌데… 뭐 하나 여쭤 봐도 될까요?"

20대 후반 언론사 입사를 준비하고 있다고 스스로를 소개한 그녀는 내가 전혀 예상치 못한 걸 물었다. "기자가 많이 힘들다고 들었는데, 저한텐 일만큼이나 가정도 중요하거든요. 일하면서 가정도 챙길 수 있을까요?" 이런 걸 기습이라고 하나. 책이나 강의에서 단 한 차례도 회사를 그만둔 이유에 대해 언급하지 않았는데 그녀는 내 히스토리를 마치 알고 있다는 듯 가장 곤란한 질문을 던졌다. (그녀에겐 재능이 있는 게 틀림없다.) 그리고 덧붙였다. "진짜 열심히 공부해서 어렵게 들어갔는데, 얼마 일하지도 못하고 금방 그만두면 너무 억울하잖아요." '그래요. 정말 억울했어요. 얼마나 울었는지 몰라요' 라고 답하고 싶은 마음을 억누르며 다소 뻔한 답변을 하고 강의실을 서둘러나왔다.

그녀의 질문은 바다 건너 삿포로까지 끈질기게 나를 따라왔다. 강연회 다음 날 남편과 일본 홋카이도로 휴가를 갔다. 비행기 안에서 계속 그녀가 생각났다. 처음엔 대견했다. 그 나이 때 나는 내가 일과 가정의 양립이란 문제로 고민하게 될 줄은 전혀 짐작조차 하지 못했다. 그저 코앞에 닥친 문제, 그러니까 기자가 되는 일에만 몰두했다. 결혼이나 출산 같은 건 마치 1990년에 밀레니엄을 떠올리는 것처럼 막연히 먼 미래의 일로만 여겼다. 그런데 그녀는 아니었다. 사회에 진입하기도 전에 일과 가정의 균형을 진지하게 고민하고 있었다. 기자라는 직업이 행복한 가정을 꾸려나가는 데 방해가 되지 않을지 침착하게 탐색했다. 결혼 후 일의 지속가능성까지 꼼꼼하게 따져봤다. 진짜 고민이 필요한 문제는 제쳐두고 무작정 열심히만 한 나보다 그녀는 훨씬 현명했고, 멀리 보고 있었다. 역시 '요즘 애들'은 영민했다.

삿포로 시내를 한 바퀴 둘러보고 숙소로 돌아왔더니 반가운 카톡이 와 있었다. 대학 때 교내 방송국에서 함께 활동했던 친구 A였다. 페이스북을 통해 내가 책을 냈다는 소식을 접하고는 반갑고 놀란 마음에 10년 만에 연락했다고 했다. 몇 마디 오고가지도 않았는데 대화는 바로 본론으로 미끄러졌다. "이 일을 언제까지 할 수 있을까 싶다. 너나 나나 참 열심히 살았는데, 왜 사는 게 점점 더 힘든 거니." 변호사가 된 소위 '잘나가던' 그녀에게서 너무나 익숙한 얘기가 흘러나왔다. 그러게. 우리는 왜 직업을 고르기 전에 좀 더 알아보지 않았을까. 우리가 선택한 일이 가정과 사이좋게 지낼 수 있는지 조금만 고민했더라면 이제와 이렇게 혼란스럽지는 않았을 텐데. 그녀의 후회를 듣고 있자니 1년 전 나를 보는 느낌이었다. 그러다 문득, 이 후회와 좌절은 나와 내 친구만의 것이 아닐 수도 있다는 생각이 들었다. 가정에 대한 고려 없이 무작정 사회에, 그것도 남성이 주류인 영역에 용감하게 진입한 내 또래 여자들 대다수가 공통적으로 겪는 '현상'일지도 모른다는 결론에 이른 것이다.

86년생인 나는 여성이 남성을 압도하기 시작한 첫 세대였다. 대학을 다닐 때쯤 각종 고시의 수석이 여성으로 채워지고 있다는 기사를 접했고, 취업을 준비할 때쯤 '실력으로만 뽑으면 죄다 여성'이라는 미디어의 탄성(혹은 탄식)이 나오기 시작했다. 집에서도 마찬가지였다. 내가 최소한의 가능성만 보여주면 부모님은, 비록 닭다리는 남동생에게 건넬지언정, 남자 형제와 별 차별 없이 나에게 투자했다. '여자라서 그 직업은 안 된다'고 누구도 내 꿈을 꺾지 않았다. 오히려 '남자의 일'로 여겨지던 영역에 진출한다는 사실은 유능함의 증거가 됐다. "딸아, 너는 무엇이든 할 수 있단다"가 내 부모 세대의 공통적인 양육철학이었다. 그렇게 큰 딸들은 정말 하고 싶은 일을 직업으로 택했다.

하지만 우리가 마주한 사회는 부모가 주입했던 모습과는 너무나 달랐다. 실력만 있으면 된다고 믿었지만 술로 승부를 봐야 하는 사내 정치는 여전히 실력을 압도했다. 불필요한 야근의 연속은 불합리와 체력에 상대적으로 취약한 여자들에게 견디기 힘든 스트레스를 안겼다. 아무리 수석으로 입사해도 결혼하고 나면, 출산하고 나면 너무나 쉽게 메인 부서에서 밀려났다. 그 '밀려남'에 적지 않은 여자들이 치명상을 입었다.

무엇보다 '육아 문제'는 정말 복병이었다. 부모님이나 선생님으로부터 '언젠가는 육아 문제에 부딪힐 것'이라는 경고를 거의 듣지 않고 자라 온 우리 세대는 이 문제를 마주하고 심각한 당혹감을 느꼈다. (아마도 어른들은 우리가 사회에 진출할 때쯤이면 해결책이 생길 거라 막연히 기대했기에 굳이 언급하지 않았던 것 같다.) 경고도 없었고 복선도 없었기에 더 당황했고, 더 두려웠다. 직업을 선택할 때까지만 해도 가정과의 양립은 고려 대상이 아니었는데, 막상 일을 하고 보니 이 문제는 쉽게 볼 문제가 아니었다. 미디어는 '슈퍼맘' 프레임으로 여성이 일과 가정 모두를 가질 수 있다고 끊임없이 주입했지만, 잠깐이라도 슈퍼맘으로 살아본 여자들은 슈퍼맘은 허울일 뿐 실은 일과 가정에서 양쪽으로 시달리는 '상처맘'이 되기 십상이라는 것을 안다. 그렇게 좌절하고 탈진한 딸들이 나처럼 집으로 유턴했다.

그런 알파걸 1세대로부터 학습한 것일까. '요즘 애들'은 좀 다른 것 같은 인상을 받았다. 대학 초년생이 벌써부터 일과 가정이 충돌하면 무엇을 버릴지 진지하게 고민하고, 직업을 정할 때도 가정과의 양립 가능성을 상당히 무게감 있게 고려한다. 단 몇 년 먼저 태어난 '언니'들이 결국은 육아에 발목 잡혀 일평생을 바쳐 일궈낸 성취를 포기하는 모습을 목격한 '동생'들은 육아와 어느 정도 병행할 수 있는 일을 선택하는 것이다. 실제 9급 공무원이나 약사처럼 상대적으로 가정 친화적인 일자리에 진출하는 여성은 날이 갈수록 높아지는 추세다. (2016년 여성 9급 공무원의 비율은 57퍼센트로 역대 최고치를 기록했다. 여성 의사는 25퍼센트에 그치지만 여성 약사는 64퍼센트에 달한다.) 어차피 여성에게만 육아를 맡겨두는 후진 시스템은 바뀌지 않으니, 아이를 낳을 생각이 있다면 아이를 키울 수 있는 직업을 선택하는 것이다. 각개전투이고 체념이다.

거의 모든 사회 현상을 우리보다 3~5년 앞서 겪는 일본에도 비슷한 움직임이 있었다. 일본의 대표적 여성학자 우에노 지즈코의 저서 《비혼입니다만, 어쨌다고요?》에는 국가공무원 시험 1종과 2종에 모두 붙고도 2종을 선택하는 여성이 늘고 있다는 사례가 등장한다. 1종은 고위공무원이 될 수 있지만 2종은 잘돼야 과장까지다. 반면에 2종은 경쟁과 업무 부담이 덜하다. 그러니까 그녀들은 중심적인 업무를 할 수 있는 기회를 스스로 포기하고 보조적인 업무를 택한다는 뜻이다. 육아와 병행해 더 오래 일하기 위해. 우에노 지즈코는 더 기가막힌 일화를 들려준다. 한 명문 여대에서 '젠더론' 수업을 끝내고 어떤 여학생으로부터 "선생님 수업을 듣기 전에는 종합직을 목표로 했지만, 수업을 듣고 나니 일반직이 더 현명한 선택이라는 걸 깨달아 진로를 바꾸려 한다"는 피드백을 받았다는 것이다. 한 학기 동안 여성이 조직에서 겪게 되는 여러 좌절을 학습한 여대생이 관리자가 될 가능성을 스스로 내던지고 상대적으로 권한이 덜한 직무로 자진해서 이동한다는 얘기였다. 한때 유리천장을 깨겠다며 겁 없이 그라운드를 누비던 여자들이 탈진해 터덜터덜 벤치로 돌아가고 있다.

이런 흐름에서 다시 그 독자의 질문을 바라봤다. 그러자 대견하기보단 안타까움이 밀려왔다. 나는 복잡한 계산 없이 그저 하고 싶은 일을 택했다. 그러나 그녀는 하고 싶은 일이 가정을 해치지 않을지까지 계산에 넣어야 한다. 이것을 과연 진보라 말할 수 있을까. 오히려 우리 사회가 한 발짝 뒤로 물러서는 바람에 어쩔 수 없이 우리의 '동생'들이 더 영민하고 현명해진 것은 아닐까. 그리고 이렇게 주전을 마다하고 후보 선수를 자청하는 여자들이 많아지면 다시금 이 사회의 모든 힘이 남성에게 집중되지는 않을까. 생각이 꼬리를 물어 이웃나라의 낯선 풍경이 좀처럼 눈에 들어오지 않았다.

그날 그 독자가 원했던 답은 정해져 있었던 것 같다. 비가 추적추

적 오는 일요일 오전 내 강의를 듣겠다고 찾아왔다는 건 그만큼 기자가 되고 싶단 뜻이다. 그녀는 본격적으로 발을 담그기 전 "기자를 하면서도 충분히 가정도 잘 꾸릴 수 있다"는 확답이 듣고 팠을 것이다. 그러나 내겐 그 대답을 할 자격이 없었다. 나는 "가정과 병행하기에 기자는 좋은 직업은 아니다. 나도 그래서 그만뒀다"고 솔직하게 답했다. 나로선 그게 최선이었지만, 오래도록 나는 그 답변이 마음에 들지 않았다.

전업주부를

CHAPTER 3

퇴사하다

결국 나를 일으키는 건, 잘되고픈 나

한 문장 때문에 책을 사본 건 그날이 처음이었다. 휴가차 떠난 일본에서 팟캐스트 〈김영하의 책 읽는 시간〉을 들었다. 김영하 작가가 낭독한 책은 권여선 작가의 단편 〈이모〉였다. 고속버스 옆 자리에 탄 남편은 꾸벅꾸벅 졸고, 인터넷은 터지지 않고. 심심함에 몸을 꼬다 미리 다운받아 온 팟캐스트 가운데 무작위로 하나를 틀었는데 하필 이 단편이 김 작가의 낭랑한 목소리에 실려 흘러나왔다.

반쯤은 잠이 오길 기대하는 마음으로 듣기 시작했는데(원래 이 팟캐스트는 수면용이다) 웬걸. 정신은 점점 더 또랑또랑해졌다. 급기야 이 문장을 듣고는 자려는 의지를 완전히 접었다. '희망 없이는 자유도 없다' 퇴사 후 나를 잠식해왔던 지독한 무기력의 정체가 희미하게 모습을 드러냈다. 한국 땅을 밟기 무섭게 나는 서점으로 갔다. 그리고 활자화된 이 문장을 오래 응시했다.

회사를 나오고 미리 정해뒀던 발리 여행을 다녀오자마자 나는 집으로 숨어들었다. 사표를 낼 때까지만 해도 나에겐 계획이 없지 않았다. 한때는 꽤 유창했으나 이제는 인삿말조차 어색해진 스페인어를 다시 배우고, 여차하면 페루나 칠레 같은 곳으로 여행도 다녀오려 했다. 회사 다닐 땐 엄두도 못 냈던 조조영화도 보고 다시 열성적으로 책도 읽으리라 다짐했다. 그러나 이 모든 계획 중에 실제 행동에 옮긴 건 독서뿐이었다. 그마저도 예상치를 한 참 밑돌았다.

실패했던 계획마다 그럴듯한 이유를 품고 있었다. 극심한 스트레스로 숨까지 잘 못 쉬었던 내게 여행은 위험 부담이 상당한 일이었다. 겁이 많아 여태 단 한 번도 혼자 여행을 가지 못했는데, 무너진 멘탈에 의지하고 가려니 더 엄두가 안 났다. 낯선 환경이 주는 스트레스가 두려웠다. 여행은 일단 선택지 맨 끝으로 미뤄뒀다.

스페인어를 배우려는 계획도 번번이 실패로 돌아갔다. 누구도 나를 방해하지 않았다. 오히려 가장 집요한 훼방꾼은 내 안에 있었다. '그거 배워서 어디에 쓰게?' 배우려는 모든 시도가 이 질문을 넘지 못해 자꾸 주저앉았다. 옴짝달싹 못하는 영화관보다 집에서 보는 게 아무래도 편하다는 '편함 우선주의'에 조조영화는 밀리기 일쑤였다.

이 모든 변명을 관통하는 건 '노 스트레스No stress'였다. 스트레스를 받지 않으면 태풍 전야처럼 요동치던 마음이 잔잔해질 거라고 믿었다. 스트레스가 조금이라도 수반되는 일은 웬만해선 시도하지 않았다. 확실히 마음이 회사를 다닐 때처럼 고점과 저점을 왔다 갔다 하지는 않았다. 그런데 이상했다. 스트레스가 없으면, 평온하고 행복할 줄 알았는데 그렇지도 않았다. 기분은 평균적으로 저점에 머물고 있었고, 어떤 일에도 신이 나지 않았다. 특히 심각한 건 무기력이었다. 손 하나 까딱하기 싫어 침대에서 스마트폰만 들여다봤다. 10분 전에 읽었던 연예뉴스를 읽고 또 읽었고 그마저 떨어지면 나를 향해 사납게 빛을 쏘아대는 액정을 멍하니 바라봤다. 청소와 요리만 겨우 하고, 냉장고 청소니 서랍 정리니 회사 다닐 때 벼르던 일에는 손도 못 댔다. 무엇이든 할 수 있는 시간과 자유가 내 손에 있는데 무엇도 하지 않았다. 그러고선 이 무기력의 끝엔 평온이 있을 거라고 스스로에게 주입했다.

1분은 길었지만 한 달은 빨랐다. 순간은 길었는데 돌아보면 순식간에 한 달이 갔다. 딱히 특별하게 한 일이 없으니 그날이 그날 같았고, 매일이 똑같으니 한 달이 하루처럼 느껴졌다. 그렇게 시간이 가는 동안 내가 오로지 나만을 위해 한 일은 매일 한 시간의 요가와 일주일에 한두 권의 책을 읽는 것뿐이었다. 그러나 그 미약한 행동에도 나는 조금씩 변해갔나 보다. 언젠가부터 도서관에서 책을 읽다 마주친 문장들에 반응하기 시작했다. 책《여자를 위한 인생 10강》에서 읽은 '쓸데없는 것이 여자를 살게 한다' 같은 문장을 옮겨 적었다. 그런 문장들이 꽤 도톰한 수첩을 3분의 1정도 채웠을 때 나는 다이어리를 샀다. 저녁거리가 든 비닐봉지를 들고 집에 오다가 집 앞 문방구에서 충동적으로 사 버렸다. 그리고선 집 근처 카페에서 첫 일기를 썼다. 며칠 뒤 나는 책《뽑히는 글쓰기》의 초고를 쓰기 시작했다.

당시엔 다시 다이어리를 쓰기 시작한 일의 의미를 의식하지 못했다. 그러나 돌아보면 그건 어떤 전환이었다는 생각이 든다. 다이어리 첫 장을 열었기에 장마철 습기보다 더 내 몸에 찰싹 붙어 있던 무기력을 떼어낼 수 있었다. 다이어리를 샀다는 건 더 이상 어제와 똑같은 오늘을 보내지 않겠다는 의지였고, 내 일상을 관리해 무언가 이뤄보겠다는 다짐이었다. 나아가려는 의지도 방향도 없는 사람이 시간을 관리하고, 메모를 남기는 일은 없다.

내가 한동안 앓았던 무기력의 원인이 '희망 없음'이었다는 사실도 알게 됐다. 퇴사 후 자동적으로 전업주부가 된 내게는 좋은 엄마가 되겠다거나 하는 적극적인 목표도 없었다. 그저 이렇게 지내다 아기가 찾아오면 거부하지 않고 키우겠다는 소극적 의지가 있었을 뿐이다. 그러나 하느님도 삼신할매도 이런 나약한 마음가짐을 가진 내게 아이를 주지 않았고, 나는 희망이라는 앙꼬가 빠져 있는 텅 빈 자유 속에서 힘없이 방황했다. 정말이지 희망 없이는 자유마저 따분했다.

가까스로 무기력을 떨치고 개과천선하여 다시 열정적이고 성실하던 예전의 나로 돌아갔다고 이 글을 끝맺고 싶지만 솔직히 그러지는 못했다. 무기력은 생각보다 관성이 셌다. 출간 계약을 맺고도 나는 자주 침대에서 뭉그적거렸고, 재미도 없는 특선영화를 틀어주는 TV 앞에서 몇 시간이고 머뭇거렸다. 한 번에 바뀌지 않는 스스로에게 실망도 자책도 많이 했다. 이뤄내고 싶은 일이 있는데도 왜 여전히 무기력한지 실체를 알지 못해 답답했다. 그러나 지금은 무기력과 게으름이 다르다는 걸 알기에 조바심을 내진 않는다. 잘 살아내고 싶은 의지가 있는 한 그건 무기력이 아니라 게으름이다. 게으름은 무기력만큼 질긴 놈이 아니라 상대적으로 쉽게 떨쳐낼 수 있다. '게으름 피우고 싶은 나'는 결국 '잘되고 싶은 나'에게 지게 되어 있다.

책을 사고 '희망 없이는 자유도 없다'는 문장 곁을 오래 배회했다. 이 문장은 '이모'의 말이자 작가의 말이었다. 동생이 친 (돈) 사고 뒷수습을 하느라 번듯한 직장도, 사랑하는 사람도, 소소한 사치도 상실한 주인공 '이모'는 예순을 앞둔 어느 날 가족과 인연을 끊겠다고 선언하고는 홀연히 사라진다. 거의 반세기 만에 가족에 대한 부담과 책임에서 해방된 그녀지만 막상 그 해방을 통해 손에 쥔 건 충만한 자유가 아니라 지독한 자기혐오와 증오뿐이었다. 그 뜨악한 진실을 마주한 그녀는 다시 예외 없는 규칙으로 구성된 일상 속으로 저벅저벅 걸어 들어간다. 의미 없는 자유 따위 사절이라는 듯이.

이제 나는 안다. 무엇이 없는 상태가 자유가 아니라, 무언가 간절히 되고 싶은 상태가 진짜 자유라는 사실을. 무기력에 맞서는 유일한 방법은 내 안에 남은 쌀알만 한 의미라도 정성껏 붙드는 일이라는 사실을 말이다.

잘 버려야 다 버리지 않는다

버스로 딱 아홉 정거장이었다. 고교 단짝 지현이네와 우리 집의 거리는. 지척에 살면서 이렇게 오래 얼굴 한 번 못보고 지냈다니 허탈할 지경이었다.

내 인생에서 가장 많이 웃었던 시절을 꼽으라면 단연 고교 1학년이었다. 중학교 시절 내내 그늘을 드리웠던 특목고 입시도 해피엔딩으로 마무리했겠다, 수능까지는 아직 3년이나 남았겠다, 나는 참 해맑게 놀았다. 마침 친구들과 궁합도 찰떡이었다. 앞뒤로 앉거나 짝꿍이거나 했던 우리 다섯은(공학이었지만 남녀가 따로 앉았다) 다들 조금씩 푼수기가 있어 무슨 말만하면 킥킥댔다.

그 가운데 그나마 가장 '여자여자'했던 아이가 지현이었다. 170센티미터가 넘는 키에 모델처럼 늘씬했던 지현이는 외모와 달리 엄청난 먹성을 가지고 있어 우리의 놀림감이 되곤 했다. 유제품에 강했던 그녀가 늘상 요구르트와 우유를 달고 살았던 게 아직도 기억이 난다.

재회의 중매인은 '인스타'였다. 책을 내고 홍보 좀 해보겠다고 부랴부랴 가입한 인스타에 지현이가 있었다. 아니, 정확히는 지현이의 일상이 있었다. 내가 책을 썼다는 소식을 접한 지현이는 내 책 사진을 짧은 리뷰와 함께 인스타에 올려줬다. '애정하는 친구'라는 설명에 오래 눈이 갔다. 바쁘답시고 먼저 연락 한번 하지 않은 나를 위해 책을 사 읽고 리뷰까지 써준 그녀가 너무 고마워 이번엔 꼭 보러 가리라 다짐했다. 마침 시간이 맞았다. 지현이와 함께 사는 시부모님이 때맞춰 여행을 떠나주신 덕분에 우린 연락이 닿은 바로 다음 날 만나게 됐다. 서로의 결혼식에서 얼굴 도장만 찍었던 것을 제외하면 6년 만이었다.

지현이는 두 딸의 엄마가 되어 있었다. 초인종을 누르자 흰 티에 짧은 반바지를 입은 그녀가 배시시 웃으며 문을 열어줬다. 마네킹 같던 몸매는 그대로였다. 외부인의 방문을 예민하게 알아챈 지현이의 딸이 칭얼거리기 시작했다. 오랜만에 만나서인지, 아기를 안고 있는 모습을 처음 봐서인지 어딘가 어색했다.

10분쯤 지나자 벨이 또 한 번 울렸다. 이번엔 현선이었다. 고교 동창 카톡방에 우리가 만난다는 소식을 전하자 현선이는 외근도 땡땡이치고 달려왔다. 학창 시절에도 야자를 잘 빼먹던 친구는 역시나 요령이 있었다. 초인종이 한 번 더 울렸고 이번엔 남형이가 서 있었다. 첫 딸을 낳고 육아휴직 중인 친구는 무려 수원에서 아기를 안고 광역버스를 탔다. 그녀는 "너무 보고 싶어 낮잠 자는 아이를 억지로 깨워 안고 왔다"고 했다. 야근을 빼고 뒤늦게 온 진선이까지 합류하자 오후 8시가 훌쩍 넘어 있었다.

서로의 결혼식에는 필참했던 사이였지만 '이슈'도 없이 다섯이 뭉친 건 대학 졸업식 이후 거의 10년 만이었다. 입사, 결혼, 임신, 출산까지 각자 숨 가쁜 시간을 보내느라 카톡조차 뜸했던 우리가 반나절 만에 서로에게 달려올 수도 있는 사이였다니 새삼 놀라웠다. 언제부터인지 귓가에 영화 〈써니〉의 배경음악이 맴돌았다.

6개월, 9개월 아기 두 명이 대화 사이를 기어 다녔지만, '짬에서 나오는 바이브'가 있는 우리는 생리컵부터 부동산까지 영역을 넘나들며 대화했다. 그러다 한두 명씩 자기 얘기를 꺼내기 시작했다. 에피타이저는 그만하면 충분했다.

"아기 낳고 1년간 남편과 정말 많이 싸웠어. 일하면서 육아하기도 힘든데 시어머님까지 집을 비우셔서 살림을 내가 했거든. 자정 다 되서 자고 새벽 4시에 일어나고… 정말 힘들더라."

"너무 외로운 거야. 남편 직장 근처에 집을 얻었더니 친정도 멀지, 친구도 없지… 아기랑 나 둘뿐인 거지. 이 와중에 아기까지 다치니까 우울증이 올 것 같더라."

"여자 임원? 별로 없지. 높이 올라간 사람들은 독신이거나, 애가 없거나, 이혼했거나 셋 중 하나야. 그런데 넌 왜 그만 둔거야?"

우리가 카톡도 뜸할 정도로 멀어졌던 데엔 이유가 있었다. 서른을 기점으로 전후 5년 동안 여자는 인생의 굵직한 이벤트를 압축적으로 겪는다. 직업을 선택하고, 평생 함께 할 남자를 선택하며, 엄마가 될지(혹은 말지)를 선택한다. 숙고할 시간은 없는데 연속적으로 선택 앞에 놓인다. 프랑스 소설가 오노레 발자크가 "삼십 대는 여자들에게 가장 위험한 시기"라고 말한 건 이 때문이었을 것이다.

'힘들었다'는 과거형으로 담담하게 그 시간들을 꺼내놓는 친구들을 보며 그들이 각자 겪었을 외로움을 상상했다. 결정 앞에서 인간은 누구나 철저히 혼자다. 결정의 다른 이름은 포기. 포기는 역시 혼자서 감당할 수밖에 없는 후회를 동반한다. 결정하고, 포기하고, 후회하고 그 지난한 외로움 속에서도 열일곱 해사한 미소를 잃지 않은 친구들이 새삼 대견해 보였다. 나만 잃었기에 나만 외롭다고 생각했던 지난날이 부끄러웠다. 완벽하게 다 가진 삶은 없었다. 다들 무언가를 내주고 살고 있었다. 그렇지만, 아니 그랬기에 웃고 있었다.

전업주부로 산 1년 동안 나는 늘 문제를 풀고 있었다. 후회 없이 살겠다며 이 악물고 살았던 내가 어쩌다 모든 걸 포기하게 된 건지, 내가 무엇을 놓쳤던 것인지 그 답을 찾아야 했다. 친구들 속에서 나는 어렴풋이 답을 찾았다. 나는 포기에 서툴렀다. 제때에, 적당히 포기할 줄 몰랐던 나는 모든 걸 한 번에 놔버렸다. 그게 무엇이든 완벽하지 않으면 소용없다고 생각했다.

살림을 하면서 터득한 게 있다. '잘 버리는 법'이다. 회사를 다닐 땐 한 군데 짓무른 양파, 싹이 난 감자 같은 건 무조건 통째로 쓰레기

통에 넣었다. 손톱만큼만 상해도 못 먹는다고 생각했다. 그러나 살림을 하면서 꼭 그렇지는 않다는 걸 알게 됐다. 짓물러 투명하게 된 양파는 그 '겹'만 버리면 된다. 한두 군데 싹 난 감자는 싹 주변을 넉넉하게 도려내고 먹어도 별 탈 없다. 결혼 전 엄마가 맛이 갈랑 말랑하는 식재료를 가지고 반찬을 만들면 그렇게 타박을 했는데, 그건 위생관념이 부실한 게 아니라 현명한 거였다. 잘 버리면 다 버리지 않아도 된다.

어쩌면 인생도 그렇지 않을까. 잘 포기하면 영원히 주저앉지 않을 수 있다. 조금도 손해보지 않고 정확히 일한 만큼 인정받아야 한다는 엄격함, 절대 실수해서는 안 된다는 강박, 주연만 하겠다는 고집을 나는 버리지 못했다. 그뿐만 아니었다. 내가 일군 가정에는 그 어떤 불행도 불안도 용납할 수 없다고 버텼고, 심지어 머리카락 한 올도 손해 보지 않으려 했다. '작은 포기'를 완강히 거부했던 나는 결국 크게 포기했다. 일 자체를 삶에서 놓아버린 것이다. 그 통 큰 포기는 내 삶에 어쩔 수 없이 그늘을 드리웠다.

친구들은 좀 달랐다. 지현이는 첫 딸을 임신하면서 전문의가 되겠다던 계획을 일단 멈췄다. 시부모님께 육아 도움을 받기 위해 자기 가족끼리만 있는 공간과 시간, 적지 않은 자유를 포기했다. 남형이는 육아휴직이 끝나면 다시 회사에 나가겠다고 했다. 아이를 남의 손에 맡기는 불안과 온전히 일에만 전념할 수 없는 스트레스를 감내하고서.

적시에, 적당량만 포기했던 그녀들은 그래서 여전히 웃고 있다. 뭐 하나라도 손해 볼까 전전긍긍했던 내가 웃음을 잃었던 것과는 반대로.

그날 반나절도 안 돼 우리가 모였던 건 기적이 아니다. '위험한 시기' 30대에 진입한 우리가 그만큼 외로웠고, 여전히 외롭다는 뜻이다. 포기를 배우는 게 성장이라는 걸 머리로는 알지만, 내게 여전히 포기는 괴롭고 외롭다. 그러나 딱 아홉 정거장 떨어진 곳에 나보다 잘 나이 들고 있는 친구가 있어 조금은 든든하다. 포기를 배울 시간은 아직 충분하다.

내 꿈은 내 것만이 아니었다

돌이켜 보면 아빠는 늘 한 걸음 뒤에 있었다. 대학 입학이나 취업 같은 굵직한 성취의 순간마다 나는 엄마와 부둥켜안고 소리를 질렀다. 그렇게 한참을 충분히 기뻐하고 나면 아빠는 그제야 "수고했다"는 짤막한 인삿말을 건넸다. 철든 남자가 가장 버거워 하는 감정은 '부끄러움'이라는 것을 나는 일찌감치 파악하고 있었다. 아빠가 겉으로만 저러지, 맘속으론 무척 기뻐하고 있을 거라고 짐작했다.

그런데 요즘 아빠를 보면 아닌 것 같다. 아빠가 이렇게 '호들갑스럽게' 기뻐하는 모습을 보고 있자면 이전의 그 무덤덤함은 내가 이룬 성과가 그저 성에 차지 않았기 때문이라는 생각까지 든다. 최근 친정에 갔더니 내가 쓴 책 《뽑히는 글쓰기》가 방에 무덤처럼 쌓여 있었다. 자그마치 100권이었다. 저 책을 다 어쩌려고 저렇게나 많이 샀을까. "거래처 사장님들하고, 아빠 친구들하고 줄 데는 많으니까 걱정하지 말고 빨리 사인이나 해줘!" 고마움과 미안함, (책 처분에 대한) 막막함이 마음속에서 회오리치더니 뜻밖의 대답이 튀어나왔다. "나 같은 초짜가 사인은 무슨 사인이야! 저거 다 어떡할 거야!" 방의 절반을 뒤덮고 있는 책 더미를 보고 있자니 가슴이 갑갑해 서둘러 집을 나섰다.

생각해보면 이상하긴 했다. 손 떨리는 투고 끝에 내 원고를 책으로 내주겠다는 출판사가 하나둘 나타났을 때 가장 기뻐한 사람은 남편도, 엄마도 아닌 아빠였다. '눈이 오니 좋은 소식이 왔네, 축하한다. 아빠가 한턱 낼게.' 그날 받은 문자 메시지가 아직도 선명하다. 책의 진행 상황을 꾸준히 궁금해 하는 사람도, 민망할 만큼 자랑해 주는 사람도 역시 아빠였다. 한 번은 엘리베이터에 함께 탄 이웃 앞에서 "책은 언제 나오냐"고 물어 나를 민망하게 만들었고, 양고기 집에서 서빙해 주시는 이모님에게까지 "얘가 작가"라고 자랑해 고개를 못 들게 했다. 가족끼리 있을 땐 아무 말 안 하다가도 꼭 옆에 누군가 있으면 책의 근황을 묻곤 했다. 그게 아빠식 자랑법이자 홍보법이었다. 늘 한 걸음 뒤에 있던 아빠였지만 내 책에 관해서는 늘 한 걸음 앞서 있었다.

아빠의 꿈이 작가였던 게 아닐까. 평소 같지 않은 아빠의 반응을 곱씹어 보다 문득 그런 생각이 들었다. 아주 터무니없는 시나리오도 아니었다. 자라면서 본 아빠는 항상 뭔가를 쓰고 있었다. 거실 베란다에 놓은 앉은뱅이책상에서, 온갖 약통과 과일들로 너저분한 부엌 식탁에서 아빠는 읽고 썼다. 삼남매가 쓰다 만 음악이나 한문 공책, 버리려고 내놓은 이면지가 아빠의 단골 노트가 됐다. 거기엔 '하면 된다' 계열의 명언이나, 신문에서 인상 깊게 읽은 글귀들이 적혔다.

아빠는 '교통비를 아껴 책을 사려고 하루에 두 시간씩 걸어서 통학'했던 청년과 '삼남매를 데리고 주말마다 광화문 교보문고를 찾던' 중년을 지나 '새벽 4시부터 일어나 책을 읽고 글을 끄적이는' 노년에 접어들었다. 그렇게 평생 글 곁을 배회했지만, 정작 가장 많은 시간을 쓴 건 글자가 아니라 숫자였다. 건설업에 종사했던 아빠는 평생 도면과 계산기와 씨름했다. 그러니까 글은 아빠의 도피처이자 로망, 꿈이었던 것이다.

그래서였을까. 내 퇴사를 가장 아쉬워했던 사람도 아빠였다. 몇 차례 만류하다 '신랑과 상의해서 결정하라'며 일찌감치 백기를 들어버린 엄마와 달리, 아빠는 만날 때마다 "조금만 더 버텨보라"고 끈질기게 설득했다. 신문사가 얼마나 힘든지 잘 알지도 못하면서, 딸이 얼마나 괴로운지 잘 알지도 못하면서 무조건 버티라고만 말하는 아빠가 많이 야속했다. 나라고 그 고생하며 들어간 회사를 나오는 일이 아쉽지 않을까. 나라고 강경희(아빠의 고정픽이었다) 선배 같은 여성 언론인이 되겠다는 꿈을 내려놓는 일이 아프지 않을까. 나라고 아무것도 정해지지 않은 미래가 두렵지 않을까. 나 자신에 대한 실망도 감당이 안 돼 휘청거리고 있는데, 거기에 부모의 실망까지 얹어주는 아빠가 참 너무하다고 느꼈다. 스무 살 넘어서도 여러 번 함께 여행을 다닐 만큼 살가운 딸이었지만, 퇴사 후 한동안 아빠에게 먼저 연락하지 않았다.

그러나 아빠의 꿈이 정말 작가였다면 그간 이해하기 힘들던 아빠의 행동이 어느 정도 설명이 된다. 어쩌면 아빠는 아무도 몰래 내 어깨 위에 자신의 꿈까지 올려 뒀던 게 아닐까. 그래서 나의 포기를 나만큼이나 애닳아 했던 게 아닐까. 오래 선망했지만 끝내 이루지 못한 '글'이란 꿈을 둘째 딸이 대신 이뤄주길 바랐는데, 그 꿈마저 좌절될까 봐 그렇게 표 나게 조바심을 낸 게 아니었을까. 나는 내 꿈만 포기한 줄 알았는데, 어쩌면 내 꿈 위에 얹힌 아빠의 꿈까지 함께 내려놓은 것일지도 모른다는 생각이 들었다. 그제야 아빠에게 미안해졌다.

"줄 데 많다"고 내 앞에서 큰소리를 뻥뻥 쳤지만, 아빠는 결국 형부에게 5권을 떠안겼다. 거의 반강제적이었다고 한다. 책 100권이면 거의 100만 원이다. 돈 몇천 원 아끼겠다고 커피숍 대신 롯데리아를 가고, 김밥천국에서도 맛없는 원조김밥만 시키는 짠돌이 아빠에게 이는 결코 적은 돈이 아니다. 아빠의 유례없는 사재기에서 나는 아빠의 마음을 읽었다. 사회에서 한껏 상처받고 집으로 간 딸이 다시 일어서 줬으면 하는 간절함, 그 재기의 발판이 아빠가 그토록 사랑했던 '책'이라는 데서 오는 뿌듯함이었다. 그래서 나는 다시 쓴다. 내 어깨에 올라앉은 아빠의 꿈이 기분 좋게 무겁다.

남편이 선물한 '자기만의 방'

남편은 개인주의자다. 내가 퇴사하겠다고 선언했을 때 그는 만류하지도, 격려하지도 않았다. 그저 내 선택을 존중하겠다는 지극히 원론적인 입장만 취했다. 상처받고 배배 꼬인 내게 그 말은 '네 인생에 개입하고 싶지 않다'는 말로 들렸다. 서운한 마음에 비 오는 밤 새벽 1시 잠옷 바람으로 뛰쳐나갔다. 첫 가출이었다.

그로부터 1년쯤 지나고, 남편은 내게 책상과 의자를 사러 가자고 했다. 인터넷에서 3만 원도 안 주고 구입한 앉은뱅이책상이 허리가 아파서 못쓰겠다고 지나가는 말로 투덜거렸더니 이번 기회에 제대로 된 책상을 하나 장만하자고 했다. 내심 그러고 싶었지만 큰돈 드는 가구를 산다는 게 부담스러워 망설였던 차였다. 남편의 손에 못 이기는 척 끌려가 모던하고 튼튼한 책상과 의자, 스탠드를 골랐다. 계산에 있어서는 상당히 양보를 잘하는 남편이 이날은 한사코 자기 카드를 내밀었다. 그건 명백하게 사주고 싶다는 뜻이었다.

집에 온 남편은 철 지난 옷과 서서하는 다림판, 스팀다리미로 난잡한 작은방을 치우기 시작했다. 그리고 땀을 삐질삐질 흘려가며 가구를 조립했다. 두 시간쯤 지났을까. 쓸모가 모호하던 한마디로 창고

같던 방이 책상과 의자만 있는 심플한 '공부방'으로 바뀌었다. 33년 만에 처음으로 '자기만의 방'이 탄생하는 순간이었다.

여태 소원하던 방이 생기니 그동안 유예됐던 소녀 감성이 폭발했다. 이렇게 설레는 감정도 참 오랜만이었다. 괜히 예쁜 잔에 차라도 우려 마시며 일기를 끄적이고 싶어졌다. 저녁 먹고 TV 앞에서 맥주를 마시며 남편과 함께 예능 프로를 볼 때가 하루 중 가장 신나는 시간이었는데, 그걸 포기하고 책상 앞에 앉는 날들이 늘어갔다. 책상이 생기니 무언가 쓰고 싶었고, 제대로 쓰기 위해 읽고 싶어졌다. 그 방에서 《하우스와이프 2.0》《여자에게 일이란 무엇인가》《빨래하는 페미니즘》《사랑하고 쓰고 파괴하다》 같은 책들을 차례로 읽어 나갔다.

이 방을 거쳐 간 책들은 입을 모아 말하고 있었다. 여자들이여, 자립하라고. 다수가 사는 대로, 사회가 권장하는 대로 살지 말고 네 생각대로 삶을 끌고 나가라고. 그리고 끝까지 삶을 포기하지 말고 애써 보자고. 방은 단순히 물리적 공간이 아니었다. 오히려 생각이 탄생하는 요람에 더 가까웠다.

남편이 그린 '빅 픽처'였던 것일까. '자기만의 방'을 선물 받고 나는 천천히 사회로 나아갔다. 그 첫걸음이 바로 인터넷에 내 일상을 연재하는 일이었다. 퇴사했다는 사실을 친척들에게조차 알리지 않았을 정도로 나는 내 상태를 공유하길 극도로 꺼렸다. 그렇게 잘난 척하더니 결국 실패했다고 비웃음을 살까 두려웠다. 쥐 죽은 듯 존재감

없이 살고 싶었다. 그러나 이 방에서 나는 내가 퇴사하고 전업주부가 된 과정과 그 이후의 일들을 쓰고 싶다는 강렬한 욕구가 솟구치는 걸 느꼈다. 100만 명이 넘는 독자가 보는 신문에 매일 기사를 써왔던 나지만, 내 속마음을 공적인 공간에 드러내는 건 차원이 다른 일이었다. 그러나 끝내 썼고, 그 과정을 통해 주저앉으면서 손바닥과 무릎에 묻었던 먼지를 어느 정도 털어냈다.

따뜻하거나 따끔한 말 한마디 없이 나를 일으킨 남편의 내조에 대해 생각하게 된 건 자연스러운 과정이었다. 남편은 내게 선택권과, 그 선택을 내리는데 필요한 시간과 공간을 마련해줬다. 내 인생에 개입해 이래라저래라 하기 보다 내가 시간을 갖고 충분히 고민한 후 선택을 내리길 기다렸다. 그런 고요한 기다림에 신물 난 내가 명확한 '지시'를 요구할 때마다 '네가 행복하고 좋아하는 걸 하라'는 원론만을 되풀이했다. 그는 배우자의 생각과 행동의 반경이 스스로 넓어지도록 기다려주는 게 진짜 내조라고 생각하는 듯했다.

반면 나는 '내조'의 이름으로 저녁을 준비하고, 빨래와 청소를 했다. 종합비타민과 오메가3 같은 영양제를 챙겨주기도 했다. 그가 온전히 일에 집중할 수 있도록 집안일을 맡아주는 게 내조라고 생각했다. 그러나 남편은 그걸 그닥 고마워하지 않았다. 오히려 그 시간에 친구도 만나고 책도 더 읽고 글도 더 쓰라고 했다. 나에게 뭔가를 해주려고 하지 말고, 그 공력을 네 인생을 다시 세우는 데 쓰라는 격려

이자 압박처럼 느껴졌다. 그러면서 본인은 자비 없이 몰아치는 일들을 군소리 없이 해나갔다. 잘 먹이는데도 자꾸만 낯빛이 쥐색이 되어가는 남편을 보면서 어떤 영양제를 추가로 먹여야 할까 고민해야 할 정도였다. 그러나 애당초 영양의 문제가 아니었다. 내가 일하지 않는 상태가 이어지면서 어쩔 수 없이 그의 생각과 행동의 폭이 자꾸 좁아지는 게 그를 더 숨 막히게 하는 듯했다.

점점 탁해져 가는 그를 보면서, 가장 최소한이자 가장 완전한 내조는 '혼자서도 씩씩하게 사는 것'이라는 생각이 들었다. 배우자에게 내 짐까지 얹어주거나 내 좌절감과 무력감을 전염시키지 않고, 나는 나대로 최선을 다해 살고 있다고 확신을 주는 것. 그래서 그가 어떤 기로에 섰을 때 최소한 나까지 감안하지 않아도 되게끔 선택지를 압축해 주는 것 말이다. 한 명이 다른 한 명을 위해 온전히 희생하는 게 20세기형 내조였다면, 21세기는 어느 한 명을 위해 다른 한 명이 무언가 희생하지 않도록 만들어주는 게 바람직한 내조라는 생각을, 그를 보며 했다.

그런 내 심중에 쐐기를 박았던 영화가 있다. 아이 없는 전업주부를 여주인공으로 내세운 영화 〈내 아내의 모든 것〉이다. 임수정(연정인 역)의 내조는 빈틈없다. 일본 요리 유학파 출신인 그녀는 매번 근사한 저녁을 차려내고, 남편이 똥 누는 화장실까지 성큼성큼 들어가 녹즙을 들이민다. 그러나 남편은 이런 내조를 고마워하긴커녕 진저리를 친다. 결국 아내에게 오만정이 다 떨어진 남편은 이혼을 결심하고 카사노바를 고용한다. 영화는 카사노바에게 임수정이 흔들리면서 차츰 변화하는 것처럼 그려지지만, 내가 보기에 그녀를 변화시킨 건 어쭙잖은(배우 류승룡 씨에겐 죄송하지만) 카사노바가 아니라 그녀에게 주어진 '일'이다. 우연히 라디오 게스트가 된 그녀는 그동안 꾹꾹 눌러왔던 생각을 발설할 '공간'을 갖게 된다. 그녀의 사이다 멘트에 적지 않은 청취자가 호응하면서 종일 집에만 있던 정인은 조금씩 집 밖으로 나온다.

"생각해 봤는데 내가 문제가 좀 많았었던 것 같아. 장롱에서 운전면허 꺼낸 것처럼 그 안에 꽁꽁 가둬놨던 거 다 꺼내려구. 꿈도 꺼내고 희망도 꺼내고 용기도 꺼내고. 그러면 좀 괜찮은 아내가 될 것 같지 않아?"

영화 속 임수정이 그랬던 것처럼, 나도 표현의 공간, 그러니까 브런치를 갖게 되면서 조금씩 달라졌다. 뜨개질에 싫증난 여자가 제멋대로 구겨 던져버린 털실처럼 한없이 꼬여 있던 내 마음을 한 올씩 천천히 풀어내는 심정으로 글을 올렸는데 예상치도 않게 많은 분들이 위로와 응원, 공감을 보내줬다. '저도 그랬어요'라는 댓글을 읽을 때마다 나는 황폐한 내면만 바라보던 눈을 들어 사회를 바라볼 수 있었다. 에세이스트라는, '글치'인 내겐 가당치도 않지만 그래도 자꾸만 마음이 가던 꿈에도 용기를 내 아주 천천히 다가갈 수 있었다. 그리고 무엇보다 더 이상은 아파서 못 잡겠다며 탁 놓아버렸던 내 인생의 줄을 다시 잡을 용기를 낼 수 있었다.

버지니아 울프가 글쓰는 여성에게 필요한 두 가지 중 하나로 왜 하필 '자기만의 방'을 골랐는지도 어느 정도 이해하게 됐다. (나머지 하나는 연간 500파운드의 수입이다.) 타인의 목소리가 차단된 공간만이 자신의 목소리에 귀 기울이는 시간을 확보해주기 때문이다.

그런 의미에서 '자기만의 방'은 꼭 '글쓰는' 여자 뿐 아니라 전업주부에게도 필요한 것 같다. 남편 내조에 애들 뒷바라지, 시시때때로 돌아오는 시댁과 친정 행사까지 정신없이 챙기다보면 전업주부의 하루는, 나아가 그 하루하루가 모여 만든 인생은 사나운 파도에 이리저리 휩쓸린 것처럼 방향을 잃고 만다. 분명 바다 같던 시간이었는데 정신 차리고 보면 내 인생엔 수영장만큼의 시간도 고여 있지 않다. 전업주부에게 '자기만의 방'은 그래서 필요하다. 속절없이 가족들에게 흘러 들어가 버리는 시간을, 벽과 방문을 '둑' 삼아 내게 고이게 하는 것. 그렇게 확보한 고독을 오롯이 내 인생의 방향을 점검하고, 내가 성장하는 데만 투자하는 것. 그것이 결국 전업주부를 웃게 하고, 종국에는 방 밖으로 이끌기 때문이다.

꼭 그럴듯한 방이 아니어도 좋다. 침실 구석 바닥에 앉은뱅이책상

하나만 있어도 충분하다. '자기만의 방'의 핵심은 '공간'이 아니라 '시간'에 있으니까. 그렇게 내게 고인 시간을 동력 삼아 내가 블로그에서 책으로, 책에서 강의로 할 수 있는 일을 하나씩 늘려갔던 것처럼 다른 주부들도 할 수 있는 일, 하고 싶은 일을 차근차근 늘려갔으면 하고 바라본다.

자기만의 방은 틀어박히기 위해서가 아니라 다시 나가기 위해 존재한다. 그런 방을 선물받은 나는 이제 보답할 일만 남았다.

언젠가 또 흔들릴 나에게

엄마의 업무는 전방위적이다. 직원과 하청업체에 때마다 돈을 보내고, 관공서에 입찰 신청서를 제출하며, 지출 내역을 서식에 맞게 정리한다. 그러면서 아빠가 피곤할 땐 대신 운전을 해주고, 세끼 식사까지 차려낸다. 재무 팀장과 비서실장, 경영지원 팀장과 운전기사와 영양사까지 겸임하는 말도 안 되는 역할을 30년 넘게 살림만 해온 엄마가 덜컥 떠맡게 된 것이다. 제아무리 매사 무던한 엄마라도 멘붕이 안 오려야 안 올 수가 없다.

"오늘 이 문제 해결하면 내일은 또 다른 문제가 생겨. 어떻게 매일 이럴 수가 있니?"

엄마와 통화를 하면 이런저런 푸념을 늘어놓는 건 늘 내 쪽이었는데, 하루아침에 역할이 바뀌니 신선했다. 그러면 안 되는 줄 알면서도 피식피식 자꾸 웃음이 새어 나왔다. 엄마가 한숨 푹푹 쉬며 하는 말이 내가 막 회사에 들어갔을 때 했던 말과 너무나 닮아 있었기 때문이다.

"엄마, 회사라는 곳은 원래 매일매일 문제가 발생하는 공간이야. 그 문제 해결하라고 월급 주는 거야." 억울해하는 엄마에게 차분하게 일러줬다. 엄마에겐 항상 인생 '후배'이기만 했는데, 그날은 왠지 '선배'가 된 것 같아 으쓱했다.

엄마의 질문은 시간이 지날수록 깊어지고 넓어졌다. '투덜'의 수준을 넘어서 '의미'를 묻고 있었다. "남편 회사에서 일을 도와주는 것도 '경력'이 될 수 있을까? 이렇게 일하는 게 의미가 있는지 잘 모르겠어." 일이 손에 좀 익고 숨 돌릴 틈이 생기면 인간은 의미를 묻나보다. "아무리 작은 회사여도, 설령 그게 남편 회사여도, 비서부터 재무까지 이렇게 모든 업무를 경험해 봤다는 건 엄청난 경력이야 엄마. 신입사원이 엄마처럼 모든 업무를 다 해 보려면 10년 걸려. 어느 회사를 가더라도 분명히 도움이 될 거야." 그 말을 하자마자 엄마의 눈동자에 순간적으로 '반짝'하는 빛이 스쳤다. 애타게 의미를 찾아본 자만이 알아 볼 수 있는, 의미를 찾은 자의 안도감이었다.

그 후로도 엄마는 종종 내게 상담을 요청했다. 그때마다 나는 뿌듯했다. 대화를 하다 보면 내가 했던 말을 엄마가 토씨하나 틀리지 않고 기억하고 있다는 사실을 알 수 있었기 때문이다. 아니 정확히는 '기억하는' 수준이 아니라 거의 '붙잡고' 있었다. 일터에 나가도 선배가 없는 엄마에겐 내가 하나뿐인 선배였고, 내 말이 유일한 멘토링이었다. 그러니 내 어설픈 조언도 부적처럼 소중히 마음에 품었으리라. 방황해 본 사람은 안다. 때로 누군가의 입에서 흘러나온 말 한마디가 사람을 지켜주기도 한다는 것을.

1년 전 내 곁엔 어떤 말이 있었을까. 딱히 기억나는 게 없었다. 말에 의지할 새도 없이 결정을 내렸기 때문이다. 분명 내 곁을 맴돌던 말은 있었을 것이다. 그러나 이미 마음의 문을 꽁꽁 잠가버린 뒤여서 그 어떤 말도 내 안으로 침투하지 못했다. 중심을 잡도록 도와주는 부채 없이 위태롭게 외줄을 밟고 있는 사람처럼, 어떤 말에도 의지하지 못한 나는 연한 바람에도 휘청거렸다. 그렇게 벌벌 떨다 외줄에서 내려오고 나서야 결심했다. 어떤 상황에서도 나를 지켜줄 말들을 천천히 찾아보겠다고. 작가 공지영이 말했듯 "내가 그토록 받고자 했던 바로 그것을 스스로에게 줄 수 있는 사람"이 바로 어른이니까. 그렇게 언젠가 또 흔들릴 나에게 들려주고 싶은 말을 하나 둘 모으기 시작했다.

먼저 '가장 마지막까지 놓지 말아야 할 것은 운동'이라는 말부터 담았다. 퇴사하기 8개월쯤 전이었다. 뒷면에 자석이 붙은 것처럼 온갖 걱정이 내게 찰싹 달라붙던 날, 나는 집안에 모든 불을 끄고 향초를 켜고 매트를 폈다. 어렴풋이 기억나는 요가 동작을 하나둘 하고 있을 때 선배에게 전화가 걸려왔다. 당장 뭔가를 확인하라는 지시였다. 어렵게 찾은 고요가 전화 한 통으로 와장창 깨졌고, 내 기분은 바닥으로 곤두박질쳤다. 시도하기 전보다 시도하다 좌절됐을 때 실망은 더 큰 법이다.

그날 이후 난 다시는 매트를 펴지 않았다. 겉보기엔 스트레칭이나 다름없는 그깟 요가가 이 복잡한 문제를 해결하는데 무슨 도움이 되겠냐고, 요가할 만큼 한가하지 않다고 스스로를 단념시켰다. 돌이켜 보면 그때부터 나는 빠른 속도로 무너졌던 것 같다.

이제 나는 안다. 요가가 문제 자체를 해결하진 못하더라도, 문제를 제대로 풀 정신 상태를 만들어주긴 한다는 사실을. 운동을 통해 생성되는 노르아드레날린, 세로토닌, 도파민 같은 물질은 정신과에서 가장 중요하게 사용하는 약과 매우 비슷한 역할을 한다고 한다. 즉, 운동이 널뛰기 하는 감정을 꽉 붙잡아 이성적으로 판단하도록 도와준다는 얘기다. 요가력은 실재한다. 그러니 내가 나를 포기하지 않는 이상, 운동을 멈춰서는 안 된다.

'의미를 찾겠다고 덤비면 개고생도 기가막힌 글감이 된다.' 두 번째로 고른 말이다. 어떤 책은 가끔 용한 점쟁이처럼 느껴진다. 셰릴 샌드버그의 《린인》이 그랬다. 그녀가 여성들에게 건네는 조언은 마치 내 과거를 훤히 알고 하는 말처럼 정확했다. 압권은 '커리어는 사다리가 아니라 정글짐이다'라는 개념이었다.

사다리에는 수직의 개념만 있다. 목표지점에 도달하기 위한 다른 방법은 없다. 무조건 올라가야만 한다. 정글짐은 다르다. 목표지점에 도달하기 위한 수십 가지 길이 존재한다. 실수로 발을 헛디뎌 아래로 떨어져도 경로를 변경할 유연성만 있다면 누구든 점찍은 곳에 다다를 수 있다.

결혼 후 원치 않던 부서로 발령 받았던 날 나는 크게 좌절했다. 이를 악물고 사다리 중간까지 올라왔는데 수긍할 수 없는 이유로 사다리 초입, 그러니까 바닥까지 떨어진 느낌이었다. 애써봤자 더 올라가기 힘들어 보였다. 그러나 그것이 패착이었다. 커리어는 사다리가 아니라 정글짐이라서 360도로 나아갈 수 있었다. 내려가는 것처럼 보이지만 새로운 항로를 만들어가는 과정일 수도 있다.

내 인생만 돌아봐도 그랬다. 나는 많이 돌아간 인생이었다. 첫 직장을 퇴사하고 신입 공채로 다시 두 번째 직장에 들어갔다. 한 번도 끔찍하다는 신문사 수습 기간을 두 번 거쳤다. 남자 동기들은 "군대를 두 번 다녀온 거나 다름없다"고 했다. 그렇게 고생했건만 결국은 버티지 못하고 퇴사했다. 내 인생은 왜 이렇게 안 풀리는 걸까. 베개를 적시며 울었던 밤이 참 많았다.

그러나 돌아보면 그렇게 돌아갔기에 건진 것도 분명히 있었다. 언론고시를 두 차례 치르며 누구보다 오랜 시간 절박하게 매달렸기에 시험에 통하는 나만의 글쓰기 방법론을 구축해낼 수 있었다. 첫 시험에, 한 방에 붙은 사람은 절대 모를 경험과 노하우가 내겐 있다. 내 숱한 실패는 책을 쓰는 데 찰떡 같은 글감이 됐다. 이쯤 되니 더 이상 부정할 수가 없었다. 시간만 낭비한 쓸모없는 경험은 없다는 사실을.

내가 의미를 발견하려고 덤비기만 하면 개떡 같은 경험도 목적지까지 가는 찰떡 같은 징검다리가 되어준다.

마지막으로 '내 일을 평가할 최종 권한을 타인에게 넘겨주지 말자'는 말을 담았다. 언제나 내 일을 최종적으로 평가하는 사람은 타인이었다. '이 정도면 꽤 괜찮다'고 스스로 만족했던 업무도 상사로부터 지적을 받으면 내 평가는 곧바로 뒤집혔다. 그러다 보니 자존감이 허리를 펼 날이 없었다. '역시 난 안 되는구나' 패배감은 짙어만 갔다.

그러나 책을 쓰면서 나는 다짐했다. 이번만큼은 최종 평가를 할 권한을 내가 가지겠다고. 그랬더니 나조차도 놀랄 만한 변화가 일어났다. 타인의 인정에 그렇게도 민감했던 내가 결과에 별 영향을 받지 않고 그 일을 여전히 좋아하고, 잘한 일이라고 마음 깊이 긍정하고 있었다.

최종 결정을 내리긴 좀 이른감이 있지만 타인에게 평가를 맡긴다면 내 책은 성공보단 실패에 가까울지 모른다. 분야별 베스트 범주에 들긴 했지만, 출간 한 달 만에 2쇄를 찍는 책들도 꽤 있으니까(내 책은 넉 달이 넘어 2쇄를 찍었다). 최종적으로 '성공'과 '실패'를 결정할 권한이 있다면 누군가는 '실패' 버튼을 누를지도 모르겠다. 그런데도 내가 했던 다른 실패만큼 애닳지 않았고, 더 솔직히는 실패처럼 느껴지지도 않았다. 최종 결정권자인 내가 이 책이 꽤 괜찮은 저작물이라고 평가했기 때문이다. 자기 평가에 가중치를 두면 타인의 평가에 일희일비 하지 않게 된다. 퇴사 전 나를 지배했던 감정인 '억울함'은, 남에겐 그렇게 평가를 요청하면서도 스스로에겐 질문조차 하지 않던 내 습관이 만들어낸 측면이 있었다. 다른 사람의 평가에 이리 저리 흔들릴 땐 스스로에게 물어야 한다. 네가 생각하기엔 어떠냐고.

'33년 경력단절'을 겪고서도 비교적 일에 잘 적응하고 있는 엄마를 보면서 마음을 다잡지만, 다시 일 할 생각을 하면 솔직히 좀 두렵다. 지시받고 부탁하고, 조율하고… 그 과정에서 얼마나 많은 스트레스가 발생할지 너무 잘 알고 있기 때문이다. 이 글은 그때를 대비한 부적이다.

가까운 사람의 조언도, 통찰력 있는 저자의 말도 들리지 않을 때, 지난 1년을 공들여 찾은 이 문장들이 나를 지켜줄 것이라고 믿는다.

꿈보다 방향

찬양하다 원망했다. 맹신하다 내팽개쳤다. '꿈'을 대할 때 나는 늘 극단을 오갔다. '꿈을 이루면 행복해진다'는 말을 철석같이 믿고 반쯤 정신 나간 사람처럼 돌진해 끝내 이뤄냈다. 그러나 정신을 차려 보니 믿을 수 없게 불행했다. 배신감에 치를 떨었다. 꿈을 내동댕이쳤다. 꿈 없이 살면 행복할 거라고 믿기로 했다. 그렇게 전업주부가 됐다.

그러나 꿈 없는 삶도 행복과는 거리가 멀었다. 무언가가 되려 하지 않고 그저 존재만 하려 했다. 사랑하는 가족을 잘 보살피면서. 내 안의 평정을 유지하면서. 하지만 그렇게 찾은 평온에는 '생기'가 없었다. 일상은 무기력했고 삶은 허무했다. 종종 '불안'으로부터 예기치 못한 습격을 받았다. 이대로 녹이 슬어버리면 정작 써야 할 시점이 와도 작동하지 않을 것이다. 삐걱대는 내 노동에 그 누구도 값을 쳐주지 않을 것이다. 남편이 사라지면 나는 내 힘만으로 나를 먹이고 입히고 재울 수 없다. 이런 생각이 연쇄적으로 나를 덮쳐왔다. 늘 위축됐다.

도대체 꿈이 뭐 길래 있어도 없어도 불행할까. 꿈을 찬찬히 들여다보기 시작했다. 그리고 1년여 만에 알게 됐다. 내가 얼마간 꿈을 오해하고 있었다는 사실을.

내게 꿈은 '되고 싶은 존재'이거나 '해내고 싶은 일'이었다. 꿈은 지위나 직업이기도 했고, 직장이기도 했으며 때로 성취나 목표이기도 했다. 꿈이라는 단어는 너무 모호하고 거대해서 여러 단어를 통째로 삼켜버렸다. 그러다 보니 꿈을 버릴 때 여러 가지가 한 데 섞여 딸려 나갔다.

그렇게 휩쓸려 버려진 것 중 하나가 바로 '일'이었다. 꿈을 버리겠다던 내가 정작 버린 건 '일'이었다. 꿈과 일을 제대로 구분하지 않았던 나는, 일을 버리고 행복해지길 기대했다. 결과는 참혹했다. 스스로 생계를 책임지는 자의 당당함이 사라졌고 자연히 자존감도 곤두박질쳤다. 일하지 않는 시간이 길어질수록 내가 할 수 있다고 믿었던 것들이 자꾸만 줄어들었다. 두려운 것이 많아졌다.

일을 버린 게 뼈아픈 실수였다는 사실은 다시 일을 시작하고서 더 확신하게 됐다. 한 재단에서 프로젝트 작가로 일하고 있다. 기자 시절 했던 일과 비슷해 부담이 적어 선뜻 지원했고, 다행히 기회를 잡았다. 글쓰기도 가르치고 있다. 강의를 마치면 그 자리에서 바로 돈을 받는다. 지폐 몇 장이 담긴 흰 봉투를 손에 쥐면 가벼운 흥분이 인다. '내 노동이 돈으로 교환되고 있다. 누구에게도 기대지 않고 나 혼자서 살아갈 수 있다.' 예전에는 의식하지 못했던 이 감각이 새삼 감격스럽다. '자립'은 나를 당당하고 단단하게 한다.

요즘도 일을 하다 보면 욱하고 '꿈 같은 게' 생길 때가 있다. 글을 쓰다 보면 베스트셀러 작가가 되고 싶고, 강의를 하다 보면 김미경 같은 스타강사가 되고 싶다. 이것들을 새로운 꿈 삼아 다시 전속력으로 질주하고픈 마음까지 든다.

그러나 이내 마음을 다잡는다. 어떤 명확한 '지점'이 있다면 그건 제대로 된 꿈이 아니라는 사실을 알게 됐기 때문이다. 꿈은 어느 단계에서 달성하고 끝나는 게 아니라, 그 자체로 방향이어야 한다. 명사형으로 종결되어 버리는 꿈 말고, 동사형으로 진행되는 꿈이어야 한다. 그래야 빨리 꿈에 '도달'하겠다고 기를 쓰고 과속하다 다치지 않고, 꿈을 이루고 난 후에도 길을 잃지 않는다.

그리고 잊지 말아야 한다. 꿈보다 중요한 건 '나'라는 사실을. '꿈'이라는 단어는 언뜻 핑크빛처럼 보이지만 어쩌면 검붉은 핏빛에 가까울지도 모르겠다. 강박성과 중독성을 품고 있어서다. 꿈에는 '꼭 이뤄야 한다' '꼭 있어야 한다'는 생각이 자연스러우면서도 끈질기게 엉겨 붙는다. 그래서 자칫하면 본인도 모르는 사이 자신보다 꿈을 더 위에 두는 '꿈 근본주의자'가 되곤 한다. 그러면 그때부턴 꿈이 나를 살게 하는 게 아니라 꿈이 나를 말려 죽인다.

내가 그랬다. 꿈을 이루기 위해 처음엔 여유를, 그다음엔 건강을, 그리고 나선 관계와 양심까지 차례로 버렸더니 어느 순간 꿈만 남고 내가 사라져 있었다. 제 몸이 불타는 줄도 모르고 홀린 듯 불 곁으로 가는 불나방처럼, 나 역시 꿈 곁에서 외롭고 고통스럽게 죽어갔다. 소설가 최은영은 단편집 《쇼코의 미소》에서 "재능이 없는 이들이 꿈이라는 허울을 잡기 시작하는 순간, 그 허울은 천천히 삶을 좀먹어간다"고 했는데, 나는 꿈에 대한 그 어떤 정의보다 이 말이 꿈의 민낯을 정확히 표현했다고 생각한다. 꿈을 나보다 위에 두면, 꿈이 내 삶의 목을 조른다.

그래서 이젠 '꿈' 대신 '방향'을 말하려 한다. 펄펄 끓고 있어 가까이 갈수록 내가 타버리는 태양 같은 꿈 말고, 깜깜한 밤에도 갈 곳을 일러주는 방향을 찾아 볼 생각이다.

일도 감정이 아니라 의지의 문제

스물다섯에 만난 (사실상) 첫 남자와 6년 넘게 연애하고 결혼한 심심한 연애사의 소유자이지만, 적잖은 친구들이 연애 상담을 요청한다. 주로 'go'와 'stop'의 문제다.

"만나면 좋긴 한데, '이 남자 없인 못 살겠다'는 또 아니야. 계속 만나도 될까?"

"얼굴 보면 설레고 두근두근해. 근데 오래는 못 만날 것 같은 느낌? 그만 만나야겠지?"

제대로 된 연애라곤 남편이 전부인 내게 혜안이 있을 리 없다. 두 눈에 혼란을 가득 담고선 애절하게 내 입만 쳐다보는 그녀들에게 내가 해줄 수 있는 말은 솔직히 별로 없다. 그저 연애 때 감정을 성실히 되새김질해 보여주면서 그녀들 스스로 자신의 감정을 판단할 수 있게 도와줄 뿐이다.

그런 내 상담사에 꽤 의미 있는 전환이 있었다. 며칠 전 한 친구의 연애상담을 해줄 때였다. 남자친구에 대한 감정이 사랑인지 아닌지 헷갈려 하던 친구에게 소소한 힌트라도 주고 싶어 열심히 그녀의 감정을 진맥하다가 한순간, 이런 말이 튀어나왔다.

"수시로 변하는 감정 말고, '의지'를 기준으로 생각해 보자. 그 남자랑 끝까지 가보고 싶은 의지가 있어?"

말하고 보니 기시감이 들었다. 그렇다. 한때 여성들 사이에서 꽤나 회자됐던 KBS 드라마 〈연애의 발견〉에서 정유미(한여름 역)가 했던 대사의 의문문 버전이었다. (역시 대사 하나만 건져도 드라마를 본 보람이 있다.) 동시에 이 질문이 연애에만 유효한 건 아닐지도 모른다는 생각이 들었다.

헤어지고 나서가 아니라 헤어질까 말까 고민할 때 고통이 정점을 찍듯이, 나 역시 그만둘까 말까를 고민할 때가 가장 힘들었다. 누구를 만나도, 무엇을 먹어도 머릿속엔 온통 '빨리 결정을 해야 한다'는 생각뿐이었다. 그래서 나는 자주 점심을 포기하고 서점으로 갔다. 조언의 깊이는 경험에 비례하는 편이라 입사 동기가 해줄 수 있는 말엔 어쩔 수 없이 한계가 있었고, 자칫하면 결정도 전에 소문부터 날까 봐 선배에게 의논하기도 조심스러웠다. 결국 나는 많은 경험을 담고 있지만 입이 없어 소문을 낼 수 없는 책의 목소리에 귀 기울였다.

가장 먼저 집어든 책은 자기계발서였다. 이 책을 읽으면 일할 마음이 생긴다고, 더 의욕적으로 탁월하게 일하게 된다고 가열차게 광고하는 자기계발서의 자신만만함에 끌렸다. 철학서나 소설을 읽을 엄두가 안 나기도 했다. 인내심이 바닥났던 내겐 즉각적으로 결론을 도

출해줄 명쾌한 책이 사고思考를 권하는 책보다 절실했다.

베스트셀러라는 책들을 읽어봤지만 효과는 없었다. 여전히 의욕이 없고 무언가 지시를 받을 때면 짜증부터 났다. 자기계발서는 자기를 계발하려는 불씨가 미약하게나마 살아 있을 때만 의미가 있지, 계발 자체에 의문을 품은 사람에겐 물에 흠뻑 젖은 땔감이나 마찬가지였다. 아무 소용이 없었다.

다음으로 기대를 걸었던 건 '심리학'이었다. 마음을 좀 들여다봐야겠다 싶었다. 한때는 매사 열정적이던 내가 왜 이렇게 매사 심드렁할까. 왜 하루에도 몇 번씩 마음이 변할까에 대한 답을 얻고 싶었다.

그즈음 내 마음은 시계추처럼 '퇴사'와 '계속 근무' 사이를 반복적으로 오갔다. 점심도 거르며 최선의 결과물을 만들려고 아등바등 했는데 돌아오는 건 '수고했다'는 격려가 아닌 '도대체 뭐 했냐'는 핀잔일 땐 순식간에 마음이 퇴사 쪽으로 기울었다. 반대로 그렇게 공들인 기사도 아니었는데 윗분들이 극찬했다는 이야기를 전해 들었을 땐 좀 더 다녀볼까 싶기도 했다. 일에 대한 감정이 타인의 인정 여부에 따라 순식간에 휙휙 바뀌었다. 그래서 《미움받을 용기》 같은 책을 머리맡에 놓고 잤다. 상사에게 미움받을 용기를 키운다면, 인정받지 못해도 괜찮다는 마음만 먹을 수 있다면, 회사를 계속 다닐 용기가 생길까 싶었다. 그러나 전날 밤 아무리 미움받는 상황을 이미지 트레이닝해도, 막상 닥치면 나는 맥없이 상처 입었다. 회사라는 곳은 칭찬

보단 지적이 압도적으로 많은 공간이었기에 내 감정은 자꾸 퇴사 쪽으로 기울었다. 결국 감정이 시키는 대로 집으로 왔다.

만약 1년 전 그때 감정이 아니라, 의지를 기준으로 결정했다면 결과는 달랐을까. 그녀에게 연애 조언을 하면서 문득 그런 생각이 들었다. 답은 쉽게 나왔다. 그래도 결과는 같았을 것이다. 시시때때로 변하는 감정보다 훨씬 믿음직스러운 기준, 그러니까 '의지'가 내겐 없었기 때문이다.

의지에 불이 붙도록 도와주는 심지는 '의미'다. 왜 일을 해야 하는지에 대해 스스로 답을 할 수 있어야 계속 일을 하겠다는 의지도 생긴다. 그러나 나는 일의 의미를 끝내 찾아내지 못했다. 돈, 사회적 지위, 열정이나 재능 중에 뭐 하나 '이거다' 싶은 게 없었다. 돈이야 남편이 벌고 있었고, 악착같이 아낀 데다가 퇴직금도 있어 충분하진 않지만 비상금도 마련했다. 사회적 지위는 그럴싸했지만, 존경받는 직업은 아니었다. 존경이 빠진 지위는 공허했다. 열정은 바닥난 지 오래였고, 재능도 썸을 탔다. 내 거처럼 굴다가도 결정적인 순간마다 네 거 아니라고 선을 그었다. 무엇하나도 일을 해야 하는 확실한 이유가 되어주지 못했다. 의지가 이토록 가벼우니, 속수무책으로 감정에 휘둘렸던 건 어쩌면 당연한 일이었다.

일과 이별하고 1년을 살았다. 일할 때는 그렇게 찾으려 해도 손에 잡히지 않던 일의 의미가 일과 헤어지고 나니 서서히 내 마음 안으로 걸어 들어왔다. 헤어지고 난 후에야 애인이 내게 해줬던 것들이 하나둘 실감나듯이, 일이 내 삶에서 사라졌을 때 비로소 일이 해왔던 것들이 실감났다. 부재不在를 겪고서야 존재를 확인하곤 하는 난 어리석은 여자였다.

일이 내게 주었던 건 생각보다 많았다. 밥벌이를 스스로 책임지는 사람만이 가질 수 있는 관계에서의 당당함과 발언권을 줬고, 시간이 흘러간 자리에 꽤 굵직한 추억을 남겨줬다. 무엇보다 작든 크든 사회에서 나만의 영역이 존재한다는 사실만으로 생이 한 층 활기를 띠었다. 일 속에서 많이 울고, 다치고, 헐떡였지만 동시에 일 속에서 가장 전력을 다했다. 이제는 안다. 위기를 감수하지 않으면 활기도 없다는 것을.

자기계발과 심리학 책을 번갈아 읽고도 일의 의미를 낚아채지 못한 건 당연했다. 자기계발서는 일을 더 '잘하고' 싶은 사람을 위한 책이다. '일을 해야 한다'는 당위 자체를 수긍하지 못하는 사람에겐 일 잘하는 방법은 무용지물이다. 심리학도 마찬가지다. 일이 불러일으키는 여러 감정을 이해하는 데는 심리학이 도움을 주지만, 일의 의미 자체를 친절히 설명해주진 않는다.

결국 적지 않은 비용을 치르고서 일의 의미를 배웠지만 분명 나는 또 방황할 것이다. 최선을 다했는데 결과가 실망스러울 때마다 나는 또 깊은 배신감에 치를 떨 것이다. 애초에 맞지 않는 짝이었다며 땅을 치고 후회할지도 모른다.

그러나 설사 흔들리더라도 이번엔 일을 놓지 않을 자신이 있다. 배신감과 권태, 강렬한 유혹 같은 숱한 감정의 파도 속에서도 '이 남자와 한 번은 살아보겠다'는 단단한 의지로 남편과의 관계를 끝내 지켜냈던 것처럼 말이다. 일의 의미가 내 머리와 마음속에 단단하게 뿌리내리고 있는 한 또다시 감정 앞에 촛불처럼 흔들리지는 않을 것이다.

'가짜 평온'에 당당함을 내주지 않을 것

○

쨍한 햇볕 아래 이불을 널고 있는 여자. 그 모습을 멍하니 바라보던 베테랑 승무원이자 워킹맘 김하늘(최수아 역)은 회사로 전화를 건다. "오늘 비행 못 갈 것 같습니다. 사표는 정식으로 제출하겠습니다." 드라마 〈공항 가는 길〉의 한 장면이다.

누구보다 오래 열정적으로 일했던 그녀를 주저앉힌 건 대단한 함정이나 장애물이 아니었다. 그저 다른 이의 '평온한 일상'이었다. 쫓기듯 살고 있는 이에게 '평온'은 거의 천하무적이다. 모든 걸 지불하고라도 갖고 싶다. 그래서 나도 선뜻 일을 내어줬다. 평온을 손에 쥐려면 그 정도 값은 치러야 한다고 생각했다.

'평온'과 '일'을 맞바꿨던 거래는 이득이었을까. 1년이 지난 지금 솔직히 말하면 적잖이 손해 본 기분이다. 일을 버린다고 평온하지 않았다. 겉보기엔 고요했으나 안에선 시뻘건 마그마가 부글거리고 있었다. 그 마그마의 이름은 '당당함에 대한 갈증'이었다.

당당함은 내가 본능적으로 추구해 온 삶의 태도였다. 당당하게 놀고 싶어 학습지 한 번 미루지 않았고, 떳떳하게 방황하고 싶어 대학 4년 내내 과외를 해 유흥비를 벌었다. 최소한의 책임을 다하고, 최소한의 자립을 이뤄낸 후에야 내 말과 행동에 힘이 생긴다고 생각했기 때문이다.

그러나 '평온'의 대가로 '일'을 내어주면서 나는 오랫동안 고집스럽게 지켜 온 당당함도 함께 반납해야 했다. 일단 나는 당당하게 의견을 말할 수 없었다. 페미니즘 이슈가 조명받기 시작한 사회 분위기 속에서 나도 말하고 싶었다. 평등은 내 인생에서 늘 뜨거운 감자였고, 남성이 주류인 업계에서 일하면서 마음에 담아뒀던 고충은 차고 넘쳤다. 그러나 '전업주부 페미니스트'라는 나의 새로운 정체성이 발언의 정당성을 흔들었다. 한 날은 유독 며느리에게만 요구되는 과한 의무에 관한 글을 썼다. 곧바로 이런 댓글이 달렸다. "아이를 낳은 것도, 일을 하는 것도 아니면서 여권을 논하지 말라. 페미니즘의 민폐다." 글의 내용만 보면 너무 뻔하다 싶을 만큼 상식적인 얘기였으나 '돈 벌지 않는다'는 사실 하나만으로도 공격의 빌미가 됐다. 이런 공격은 이내 자기검열로 이어졌고, 무언가 쓰려 할 때마다 눈치를 보게 됐다. 미국에 이어 우리나라에서도 페미니즘의 새 기준을 세우고 있는 작가 록산 게이가 '전업주부도 페미니스트가 될 수 있다'고 아무리 말해줘도 소용이 없었다. '맞벌이 하는데 왜 여자만'으로 시작하는 '당당한 문제제기'가 그리워졌다.

사회적 발언 뿐 아니라 일상적 발언을 할 때도 위축됐다. 맥주캔이나 우유갑, 과자봉지를 치우는 법이 없는 남편에게 "제발 뒷정리 좀 하라"고 잔소리할 때, 아내 혼자 분리수거를 하든 말든 컴퓨터 게임에 빠져 있는 남편에게 서운한 마음을 토로하고 싶을 때 순간적으로 나는 멈칫했다.(이 두 가지가 남편의 거의 유일한 흠이다. 정말이다.) '청소는 엄연히 내 일인데 이런 얘기를 해도 되나' 싶었던 것이다. 시부모님 앞에서도 가려야 할 말이 늘어났다. 예컨대 '발레를 배우고 있다'거나 '외식을 했다'는 아주 평범한 근황조차 '아들이 고생해 번 돈을 며느리가 흥청망청 쓰고 있다'고 오해하실까 봐 말하기 꺼려졌다.

그러나 이 모든 것보다 가장 신경 쓰였던 건 내 자신이었다. 내가 내 눈치를 본다는 게 나조차도 선뜻 이해하기 힘든 말이었지만 그건 사실이었다. 일상은 별다른 위기 없이 잘 흘러가고, 몸도 영유아기 이후 가장 편했다고 할 수 있으나 가끔씩 아주 불편한 질문이 느닷없이 불어와 잔잔했던 내 일상을 사정없이 휘저어 놓았다. '지금 살고 있는 방식이 너 스스로가 더 좋아지는 방향이 맞니?' 이런 질문 앞에 서면 자꾸만 도망치고 싶었는데 그건 명백히 '아니'라는 뜻이었다. 또 실패할까 봐 상처받을까 봐 웅크리고 사는 건 내가 좋아하는 내 모습이 아니었다. '실패하고 상처받더라도 뭔가 해 보려 할 때의 나'가 내가 좋아하는 내 모습이었다. 나는 '내가 좋아하는 나'와 점점 더 멀어지고 있었다. 이 상태로 내게 주어진 이 생生에 당당할 수 없는 건 당연했다.

"지금 부모님과 살고 있나요?" 한 면접장에서 질문을 받았다. 의아했다. 내가 누구와 함께 사는지가 앞으로 맡을 일과 어떤 연관성이 있기에 이 소중한 시간에 저런 걸 묻는 걸까. 그러나 이내 알아차렸다. 그가 진짜 궁금한 건 내 '동거인'이 아니라 내 '결혼 여부'라는 사실을. "결혼해 남편과 살고 있다"고 대답하자 그는 이제야 모든 비밀이 풀렸다는 듯 의자 등받이에 몸을 파묻었다.

다시 당당해지고 싶어 일을 구할 때마다 나는 비참함에 몸을 떨었다. 채용시장에서 아이 없는 기혼 여성은 시한폭탄과 같은 취급을 받는다. 그들은 다양한 질문으로 결혼 여부와 출산 계획을 간접적으로 물어왔고, 스무고개가 끝나자마자 내게서 관심을 거뒀다. 억울한 마음에 "출산하지 않겠다"는 각서를 쓰고 공증을 받아 자기소개서에 첨부하고 싶다는 황당한 상상까지 했다. 그러나 끝내는 '평온'에 혹해 너무 쉽게 일을 내줬던 비용을 치를 수밖에 없다고 받아들이게 됐다.

결국 프리랜서로 일하고 있다. 우아하게 제안 받고 일하는 경우도 있지만 내가 나를 써보라고 역제안해서 성사시킨 일도 많다. 일하기 위해서 매번 나를 세일즈해야 하는 상황이 내키진 않지만 그래도 일하는 게 좋다. 나에게, 가족에게, 세상에게 당당하게 말할 수 있어 좋다.

여성이 당당하게 서기엔 여전히 기울어진 세상. 적지 않은 여성이 회사를 뛰쳐나와 집으로 뛰어들까 고민한다. 그토록 간절하던 평온을 집에서 찾길 기대하면서. 그러나 나는 끝내 찾지 못했다. 당당함이 빠진 평온은 일시적이었다. 해 좋은 오후 이불을 널며 찰나의 평온함을 맛봤으나 그보다 몇 배는 긴 시간 빳빳해진 이불 속에서 뒤척였다.

이 얘기를 전하고 싶어 이 책을 썼다. 특히 어느 아파트 베란다에 무심히 널린 이불만 봐도 속절없이 흔들리는 여자에게 내 얘기가 가닿길 빈다. 가짜 평온에 과한 비용을 지불한 사람은 나 하나로 충분하다.

에필로그

세 여자의 끄적임에서 이 책은 시작됐다. 봄이었다. 도서관에서 빌린 책을 반납하러 가려고 집어 드는데 책 맨 뒷장이 힘없이 툭 바닥으로 떨어졌다. 앞면은 인쇄된 글씨가, 뒷면은 누군가 연필로 휘갈겨 쓴 글씨가 빼곡하게 적혀 있었다.

손 글씨의 주인공은 세 명이었다. 한눈에 봐도 필체가 확연히 달랐다. 그들은 '여성이 일을 꼭 가져야 하는가'에 대해 각자의 의견을 네다섯 줄의 문장으로 압축해 전하고 있었다. 내가 빌린 책의 제목은《여자에게 일이란 무엇인가》였다.

"일을 갖는 것, 중요하지요. 그런데 저자는 너무 과장되게 쓴 것 같아요."

"자신의 능력, 잠재력을 충분히 발휘하지 못하고 있는 전업주부들을 일깨우는 책이라고 생각합니다."

"현재 육아휴직 중인 저에게 한참을 걱정하고 망설이고 고민하는 이

시점에 충분한 자극이 됐던 책입니다. 용기를 얻고 부딪혀보기로 80퍼센트는 결정했습니다."

빌린 책을 읽고 자신의 독서노트가 아닌 책 맨 뒷장 여백에 후기를 끄적이는 여자들은 어떤 사람들일까. 상황은 제각각이겠지만 적어도 두 가지는 확실했다. 그녀들이 지금 무척 외롭고 혼란스럽다는 것. 그리고 누군가와 이 얘기를 '나누고' 싶어 한다는 것. 그 조용하지만 필사적인 끄적임에 목소리 하나 보태는 심정으로 이 책을 쓰게 됐다.

'여자에게 일이 없다는 건 어떤 의미인가'에 대해 말하고 싶었다. 전업주부로 살겠다며 사표를 쓸 때까지만 해도 전혀 예상치 못한 지점이 분명히 있었다. 상상과 실제의 간극은, 브런치와 전날 먹다 남긴 찌개의 거리만큼 멀었다. 시대가 바뀌었다며 누군가는 전업주부란 단어에서 '여유'를 떠올리겠지만 내가 살아본 시간은 여전히 '희생'에 더 가까웠다. 하루 이틀 사이로 영원히 초기화 되는 가사 노동은 자꾸만 '의미'를 묻게 했다. 가끔 평온했지만 자주 무기력했다. 내 밥벌이는 내가 책임진다는 당당함이 사라지자 관계 앞에서도 자꾸 주눅이 들었다. 무엇보다 평등을 말할 수 없게 됐다.

내가 퇴사하기 직전부터 이후 1년간 한국 사회에서는 유례없는 페미니즘 바람이 불었다. 그 물결 속에서 나도 말하고 싶었다. 그러나 경제적으로 남편에게 의존하고 있는 내가 평등에 대해 말할 자격이 있는지 확신이 들지 않았다. 당당하게 말하고 싶었지만 자꾸만 눈치를 봤고 끝내는 입을 닫았다. 육성으로 내지 못한 소리를 이 책으로 대신한다.

이 책에서 나는 희생, 의존, 단절감, 무기력, 효도와 시간의 문제 등에 대해 썼다. 이런 문제는 사실 전업주부라면 누구나 한 번쯤 겪고 생각했을 만한 것들이다. 다른 주부들은 둔하고, 나만 예리해서 이 책을 쓸 수 있었던 게 아니라, 기자로 살며 글쓰기를 훈련했고 아이가 없기에 쓸 여력이 됐을 뿐이다.

육아의 모든 '역사적 순간'에 현장을 지킬 수 있다는 전업주부의 절대적 장점이 담기지 않았기에 이 책은 불완전하다. 그러나 나는 '엄마'의 얘기가 아니라 일(정확히는 재화로 교환할 수 있는 일)하지 않고 살아본 한 '여자'의 얘기를 쓰고 싶었다. 이런 이야기를 쓰기에 아이 없는 전업주부라는 내 정체성이 결함보단 도움이 된다고 생각했다. 그럼에도 이 글이 누군가에게 상처가 됐다면 정중하게 사과드린다. 모두 미숙한 나의 탓이다.

여자의 진짜 방황은 서른 이후부터 시작되는 것 같다. 몸은 축나는데 성과는 없고, 결혼과 출산을 겪으면서 자꾸만 회사에서 밀리는 것 같고. 지치고, 억울하고, 혼란스럽다. 내가 고작 1년 살아본 전업주부 세계를 가감 없이 드러내기로 용기를 낸 이유는 이 때문이다. 당신만 그런 것은 아니라고. 우리 함께 고민해보자고. 나의 예행연습이 당신에게 조금이라도 참고가 됐으면 좋겠다고 꼭 말해주고 싶었다.

이 책의 일등 공신은 전업주부로 살다 33년 만에 워킹우먼이 된 엄마다. 나만의 특수한 감정인지, 전업주부라면 다들 한 번쯤 겪는 감정인지 혼란스러울 때면 나는 시도 때도 없이 엄마에게 인터뷰를 요청했다. “나도 그랬다”는 엄마의 말을 들으면 질긴 불안함을 끊어내고 다시 책상 앞에 앉을 수 있었다. 일상을 다루는 내 글이 혹여 주변 사람에게 상처가 될까 봐 머뭇거릴 때마다 엄마는 “내 욕이든 뭐든 네가 하고 싶은 말 다 쓰라”고 호기롭게 격려했다. 그 응원으로 여기까지 왔다.

남편에게도 존경과 사랑을 전한다. 그가 표현의 자유를 보장해줬기에 나는 거침없이 그의 흉을 볼 수 있었다. 그는 진정한 언론인이다. 남편이 내가 집에서 놀고 있다고 말한 것은 ‘사실Fact’이지만, 남편이 내 인생 가장 짜릿한 성취이자 뭉클한 축복이라는 건 ‘진실Truth’이다. 일개 팩트가 진실을 이길 수는 없다.

내 인생 가장 큰 행운인 우리 가족, 남편만큼이나 내 인생 가장 감사한 선물인 시어머님, 시아버님, 함께 힘겨운 30대를 통과하고 있는 친구들, 내 원고에 진한 호기심을 표해준 출판사 마음의숲 송희영 팀장께도 감사를 전한다.

세 여자의 끄적임에서 시작한 책이, 이 땅의 여자들이 그동안 삼켜왔던 목소리가 터져 나오는 계기가 되길 소망한다.

저자 최윤아